校园文摘
Xiaoyuan Wenzhai

剪下一缕清冷的月光

姚禹同 宋和煦 徐毅 党晨阳
流马 尹宗国 荆卓然 薄睿宁 / 等著

中央编译出版社
CCTP Central Compilation & Translation Press

图书在版编目（CIP）数据

剪下一缕清冷的月光 / 姚禹同等著．
—北京：中央编译出版社，2015.3
（校园文摘系列丛书 / 万亿主编）
ISBN 978-7-5117-2359-8

Ⅰ．①剪… Ⅱ．①姚… Ⅲ．①作文 – 中学 – 选集
Ⅳ．① H194.5

中国版本图书馆 CIP 数据核字（2014）第 233970 号

剪下一缕清冷的月光

出 版 人	刘明清
出版统筹	董　巍
责任编辑	邓永标
责任印制	尹　珺
出版发行	中央编译出版社
地　　址	北京市西城区车公庄大街乙 5 号鸿儒大厦 B 座（100044）
电　　话	（010）52612345（总编室）　　（010）52612371（编辑室）
	（010）52612316（发行部）　　（010）52612317（网络销售）
	（010）52612346（馆配部）　　（010）55626985（读者服务部）
传　　真	（010）66515838
经　　销	全国新华书店
印　　刷	北京威远印刷有限公司
开　　本	710 毫米 ×1000 毫米　1/16
字　　数	206 千字
印　　张	14
版　　次	2015 年 3 月第 1 版第 1 次印刷
定　　价	29.00 元

网　　址	www．cctphome．com　　邮　箱：cctp@cctphome．com
新浪微博	@ 中央编译出版社　　　　　微　信：中央编译出版社（ID：cctphome）
淘宝店铺	中央编译出版社直销店（http://shop108367160.taobao.com）（010）52612349

本社常年法律顾问：北京市吴栾赵阎律师事务所律师　闫军　梁勤
凡有印装质量问题，本社负责调换。电话：（010）55626985

目录 CONTENTS

▶ 繁星梦

阳光的影子（文／姚禹同）............002

我不是郑渊洁（文／袁义翔）............004

记住自己快乐的时候（文／吴涵彧）............006

新年中彩——被狗咬（文／谭珺天）............008

春天来了（文／唐宇佳）............010

游深圳"世界之窗"（文／刘翠宇）............011

进步？退步？（文／朱旎彤）............014

▶ 青春驿站

"酸菜鱼"与"胡辣汤"（文／薄睿宁）............018

14°（文／陈梓婕）............022

新生报到那些天（文／荆卓然）............026

师专的小路（文／荆卓然）............028

两个选择（摘编／程思思）............029

女生的黄金时代（文／如风）............032

好的心态是成功的关键（摘编／鲁文）............040

还好有你在（文/宋语涵） ……………… 043

顺势而为（摘编/王念） ……………… 046

乐观让你靠近幸运之神（摘编/博奋） ……………… 049

在紧要关口快走两步（摘编/王伟传） ……………… 055

学会承受失败（摘编/宋志成） ……………… 058

活着的最高境界（摘编/高丽） ……………… 062

发现自己（摘编/阮洁羽） ……………… 064

友谊（文/徐毅） ……………… 067

时光（文/徐毅） ……………… 068

丢失的时光（文/徐毅） ……………… 069

星星灯（文/徐毅） ……………… 071

夜之子（文/徐毅） ……………… 072

趴在太阳上的光（文/徐毅） ……………… 073

▶ 亲情树

剪下一缕清冷的月光（文/党晨阳） ……………… 076

盛开在花季的爱（文/许俊伟） ……………… 078

告别不敬（文/高子淇） ……………… 081

我最敬佩的一个人（文/匡汇淼） ……………… 083

海（文/杨睿泠） ……………… 084

元旦，吉祥的开端（文/匡天龙） ……………… 086

这个中秋节我依然快乐（文/薛缘） ……………… 088

心事（文/汪文钰） ……………… 090

▶ 鬼马狂想曲

仰望天空的鲸（文/姚禹同） ……………… 094

神灯正传（文/薄睿宁）…… 098

勇敢的少年（文/余岳）…… 103

蜻蜓的自述（文/吴佳莹）…… 105

▶ 自然物语

江行的晨暮（文/朱湘）…… 108

快阁的紫藤花（文/徐蔚南）…… 110

又是一年春草绿（文/梁遇春）…… 113

萤（文/靳以）…… 117

吃瓜子（文/丰子恺）…… 119

砸桃骨（文/向善华）…… 125

海内第一桥《洛阳桥》的传说（摘编/芳芳）…… 128

中秋节的由来（文/季佳慧）…… 134

我爱冬天（文/洪美玲）…… 136

▶ 读书沙龙

学问之趣味（文/梁启超）…… 140

善言（文/梁遇春）…… 144

论说话的多少（文/朱自清）…… 146

要面子不要脸（文/杜重远）…… 149

论诚意（文/朱自清）…… 151

多反省少陶醉（文/胡适）…… 154

传承国学，续领风骚（文/流马）…… 160

昭君叹（文/尹宗国）…… 162

做一个尽忠职守的人——读《钟的生日》有感（文/彭雅欣）…… 165

用毅力抗拒生命中的"不可能"（摘编/王勇）…… 167

听不懂外语的邓亚萍（摘编/许娟娟）……………170

何处再寻金谷园（文/宋语涵）……………176

渴望——读《简·爱》有感（文/范开源）……………178

人生最美好的一步棋（文/张以进）……………181

成长智慧（摘编/志明）……………184

中国古代礼仪礼貌用语（摘编/思思）……………190

中国书画史上的"扬州八怪"（摘编/朱州州）……………192

岳阳楼与滕子京的故事（文/匡花坛）……………196

《论语》的故事（摘编/汪春晓）……………199

儒、道、佛三家文化的区别（摘编/王小丽）……………210

繁星梦

阳光的影子

文 / 姚禹同

阳光一直觉得它是最寂寞的。

因为它没有影子。

曾经它多次问过母亲，那个炽热的火球——太阳。然而，她实在太忙了，只是草草地回答道："光是没有影子的。"

于是，在一个冬夜，阳光悄悄地溜出了家门。它想寻找一个像影子一样，能天天跟在身边的朋友。

只是，它再一次地失望了。每一个影子，都有自己的主人。虽然有些影子也承认它们的主人并不怎么需要它们，可影子们只能为它们原有的主人效劳。"何况，光是没有影子的。"影子们在深表遗憾后总会告诉它这样一句话。

阳光决定放弃。于是它踏上了回家的路。

一户人家的窗口透出了点点光亮。阳光心里一惊：它只见过月光和星光，怎么，这世界上还有其他的光？

那束光与众不同：微弱、昏黄，还一闪一闪的，将屋里物品的影子拉得老长。

阳光凑上去："请问，你是什么光？"

那束光慵懒地回答："我是灯光。"

"那么，灯光，你有影子吗？"

"嗯,可以说有,也可以说没有。"

阳光一脸茫然,对这句深奥的话并不理解。它的脑海里又浮现出那句被告诫了许多次的话:光是没有影子的。

灯光打破了沉默,不紧不慢而又语重心长地说:"的确,我们没有影子,很寂寞,但你有没有发现——"灯光指了指屋内的摆设。阳光更加迷惑了。灯光停顿了一会儿,接着又说:"所有的影子都是我们创造的啊!"阳光愣一下,随后舒心地笑了。

的确,失去了光,影子也随之消失。

阳光谢过了灯光,回到了太阳身旁。

第二天,阳光又出了门,开始了新一天的旅程。与往日不同的是它的心情。

阳光看着周围千姿百态的影子,不禁自言自语道:"原来它们都是我的影子啊!"

(原载《少年文艺》2012年第6期)

我不是郑渊洁

文 / 袁义翔

"翔,来看看这个征稿,你看多好,试着写写童话吧!"

一大早,老妈像往常一样,浏览着博客。老妈打理起我的博客算是高手了,无论哪家杂志有征稿都逃不过她的慧眼。

"妈,我真的不想写童话,再说了,我也没打算往这方面发展。"不知怎的我就像得了童话恐惧症,感觉它不好写,也想不过来该怎样去进展。老妈一再想让我多练习写童话。她总是不厌其烦地说,小孩子就是要幻想,天马行空地去拓展,整天想着那些散文随笔什么的,费神又费力。

我又不是郑渊洁,干吗非要去写童话。就算我真的成了郑渊洁,那我也一定不要忘记我最爱的散文。老妈一次一次把我叫到她身边,"为什么非要写那些散文,你看看人家宣宣,还有阿童木,奇思妙想写了多少篇。"

"老妈,我为什么一定要写童话呢?也许我就是写不了童话,难道我不可以写写我喜欢写的东西吗?老妈,你这复读机效率真是越来越高了。"

听老妈说的多了,有时坐在沙发上,我也想着写些童话,可是总感觉童话里面的情感太少,夸张倒是很多,而这一切都不是我的擅长。面对老妈的劝说,我的脑子又是散文又是童话,我不知道自己到底是不是写童话的那块料。我总感觉自己的想象不是很多，也不太善于天马行空，就算是天马，也是缺了腿的笨马，写出来的童话总感觉没有我写的其他文章出彩。别的孩子的想象就好比是广袤的大草原，而我的想象就好比一粒小小的芝麻粒。我听得耳朵发麻，想得脑子犯浑。老妈还在用她那张快嘴说个不停。唾沫像机关枪一样向我频频发起进攻，连屋子都快盛不下她这张贵嘴了。我就生活在这么一个超大的嘴巴里。我又不是郑渊洁。

读着老妈给买的一本本童话书，我的脑子像车轮一样飞快旋转。有时我真想来次穿越，搞一台复制童话机回来。童话需要想象，可我的脑子总是会是非不清，不知道这童话该如何酝酿和下笔。

我想让郑渊洁老师赐予我力量；我想同时拥有写童话和写散文的能力；我想要变成孙悟空，像它一样逍遥自在；我想让更多的人认可我的散文。可现实却让我的想象像一场空。我的脑子里没有了写童话的概念，但却有了这个唠叨的老妈。老妈的唾沫吹得我耳朵根子直疼，要说谁是顺风耳的克星，那肯定是我妈。

童话真是一个能治病又能害人的奇药，要是这种药能够把我的病治好，我就不用当郑渊洁，那就让我这快嘴老妈，当个主持人吧，或是吉尼斯世界纪录快嘴保持者，或是做推销员。童话这方药我想掌控好它，可我又不知自己病在哪里，是否真是得了恐惧症？还是对童话过敏？难道喜欢写作就一定要喜欢写童话吗？

也许我就不是写童话的擅长者呢，反正我不是郑渊洁。

（原载《课堂内外创新作文》2013年11期）

记住自己快乐的时候

文 / 吴涵彧

天气很好。暖暖的。

仰卧在草坪上,阳光洒得我满身都是。有些惬意。我闭上眼睛,微微右倾15°。让阳光落在我的左边,我的耳边听到阳光悉悉索索的声音。很轻很轻,不过,就像灰姑娘的玻璃鞋敲击地面的好听。

刹那间,我想起一个字眼:童年。

童年的我总是肆无忌惮地享受着这样温暖的阳光,从不像现在一般地珍惜,也不像现在一般地认真注视着阳光伴着细细碎碎的时光一起流过指尖。

那些时光,快乐渲染了我全部的心情。犹记得,除夕之夜,我和姐姐在凛冽的寒风中紧攥着两张5元的钞票,到小卖部买了10盒鞭炮。然后兴冲冲地跑回奶奶家,即使是寒冷的一月,也脱掉外套,兴致勃勃地放鞭炮。奶奶的邻居家守着几亩菜地,菜地里是挤挤攘攘的卷心菜。过年,邻居回老家了。看着卷心菜,我和姐姐手痒痒了。于是,我负责掰开卷心菜,然后姐姐就机灵地给爆竹点上火,猛地往菜心一扔,拉着我跌跌撞撞地逃跑,一声闷响后,再看着焦黑焦黑的烂叶子们,仰天长笑。

呵,那年的天真任性一直都记得,一直记得自己快乐的时候,快乐的样子。

阳光也会唱歌，如天使一般。心里暖暖的，侧了侧身子，左倾15°。左边的脸触碰到柔软的草叶。湿润湿润的，也夹杂了青草的泥土味。很舒服。

那些时光，快乐渲染了我全部的心情。怎能忘，开学之际，我会带着寒假作业和满溢的开心蹦到教室里，和久别了的同学们拥抱后，然后聊个海阔天空，把工工整整的作业恭恭敬敬地递给老师，递上时是欢欣，拿走时便是满足。不知何故，那时的我总是巴巴地期盼有新来的转校生，带给我一份新鲜的感觉。除了转校生，就是新书，在小小的我眼里，它们那么圣洁，简直不容亵渎。把书紧紧贴在脸上，贪婪吮吸新书特有的墨香。

呵，那时的纯真稚拙一直都记得，一直记得自己快乐的时候，快乐的童年。

拍拍身子，立起身，向上仰15°，阳光刚好透过我眼睛，洒进心里。心里满满的，但也空空的。

原来，年少的我伴着阳光玩了一个又一个的游戏，却忘了早早把它存进我的未来。如今，渐渐长大的我亦渐渐遗失了曾经有过的童年情怀以及那份快乐的心情。

跑回家，拿起一个曾经装满幸运星的玻璃瓶，轻柔地装一瓶子的阳光，摸着舒适的温度，15°，赶紧把它放进我的心里。

记住自己快乐的时候，永远珍藏，一种幸福的感觉。

新年中彩——被狗咬

文 / 谭珺天

大年三十的上午,我最好的朋友蛋糕姐姐终于从上海赶来了。一上餐桌,我们俩就迫不及待地商量起了探险的计划。

吃完午饭,我和蛋糕姐姐一致同意到爷爷生活的乡村的无人小屋去探险。

我们俩偷偷摸摸地来到无人小屋的大门口外,忽然,蛋糕姐姐小声地叫道:"天妹,有人!快闪!"话音刚落,我们俩就像离了弦的箭一样撒开腿就跑,生怕被人发现我们探险的秘密。

我一边跑一边喘气:"蛋姐,我们不能就这样放弃啊!前面有人,我们从后门进攻怎么样?"蛋糕姐姐点点头说:"好,那我在前面保护你!"我们不约而同地做了个OK的手势,又掉头向无人小屋出发了。

刚来到后门,就听"啊"的一声尖叫,蛋糕姐姐拔腿又跑了。虽然我不知道发生了什么事情,但看到她跑了,我也跟在后面没命地跑起来。只听她一边跑一边喊:"狗咬人啦!"我这才发现不知从哪里跑出来的一条大黑狗正追着我们。突然,那条大黑狗居然超过了我直接冲向跑在前面的蛋糕姐姐,正当我松了一口气停下来的时候,没想到我那蛋糕姐姐跑得比小兔子还快,狗追不上竟然掉过头朝我扑来,还没等我反应过来,就感觉到大腿火辣辣的疼,而那条大黑狗则心满意足地扬长而去。我又惊又怕又疼,一边哭一边一瘸一拐地往家走去……

通过这件事情,我明白了一个道理:在陌生的环境有很多不确定的因素,我们最好避免去那些不熟悉的环境,如果一定要去也要做好充分的准备,不能掉以轻心。小朋友们,当你们以后遇到这样的事情,一定要记住:安全第一哦!

春天来了

文 / 唐宇佳

春天来了，鸟儿是春天的信使。你看，报春鸟、小麻雀最先叫，接着，布谷、杜鹃鸟也加入了，还有那会唱歌的小黄鹂，它们将春天的气息送到每一个地方。连小燕子也从很远的地方赶回来，它们要参加春天的大合唱呢。

春天的雨，总是飘飘洒洒的，细如针尖，似烟似雾，打在脸上，给我带来凉凉的感觉。好雨知时节，农民伯伯们正忙着耕地、播种，笑呵呵的脸上，皱纹都聚到了一块儿。

让我们去看看花吧。花园里田野边，各种花你追我赶地开着，红的是石榴花、玫瑰花，白的是蔷薇、玉兰花，粉的是桃花、山茶花……许多不知名的小花也在默默无闻地绽放，为春天增色。

春天真的来了。太阳伸了伸懒腰，早早地爬起来，小草探出头来向春姑娘问好。树枝发出了嫩芽，像绿色的小宝宝。小动物们早就醒过来了，水鸭子嘎嘎地叫着，小蜜蜂嗡嗡地飞过来、飞过去……

走在春天里，我感觉自己好像变成了一棵小树，在蓝天、白云、阳光下不断长高，心中五彩的梦想也破土而出。啊，多么美好的春天！

游深圳"世界之窗"

文 / 刘翠宇

在前一阵子,我们一家去了深圳的"世界之窗"游玩,那里的侏罗纪公园和阿尔卑斯雪山给我留下了深刻的印象。

侏罗纪公园是一个由恐龙化石与恐龙模型组成的主题公园,它位于"世界之窗"的东北方。刚走到侏罗纪公园附近,远远就听见了一阵阵震耳欲聋的吼叫声——那是恐龙的叫声。来到侏罗纪公园的大门前,"哇!这门可真够高!"大概有三个成年人那么高、由许多恐龙化石模型建造的大门让我惊叹不已。

一进大门,就仿佛来到了史前的侏罗纪。里面树木丛生,满是高大的桫椤、棕榈。丛林中则隐藏着很多恐龙:矮小的三角龙、细小的嗜鸟龙、庞大的鸵鸟龙、贼眉鼠眼的偷蛋龙、慈祥的慈母龙、和蔼的蜀龙……真是让人大开眼界。那里的恐龙全是通电的,但每只"恐龙"只会在原地左右晃动,人一旦触碰到它,它就会叫几声,让人仿佛穿越到了恐龙时代。在所有恐龙中,霸王龙无疑是其中的明星了。它的"手"很小,但是它的腿却非常粗壮,一个脚趾都有我一个头那么大。它的嘴巴更是大得吓人,嘴里的牙齿每颗足有10厘米,仿佛满嘴插满了尖刀——它一口就可以把我半个身体吃掉。看到有三个成年人这么高、这么凶猛、霸气外漏的霸王龙在我面前,我心里一阵发毛:如果我真的生活在侏罗纪,霸王龙都可以一脚把我踩成人饼。发毛归发毛,看到许多游客都与恐龙们拍了照,有一个游客还把手放进了恐龙的嘴里,我也忍不住和霸王龙来了个亲密接触,霸王龙便朝我叫了叫,仿佛在说:"欢迎你来到侏罗纪公园。"后来我还与慈母龙握了手,与翼龙照了相——侏罗纪公园真是个好地方,我真没来错!

阿尔卑斯雪山在侏罗纪公园的正西方，里面几乎是一个冰雪世界，有零下十几度呢！里头温顺的海豚，凶猛的鲨鱼，可爱的企鹅我都没怎么留意，我的目光始终停留在雪山的滑坡雪道：我也要去玩玩滑雪，一定很好玩。走到雪山附近时才发现阿尔卑斯雪山中只有上雪山的扶手是木头，其他的全是冰块——冰块的面积有好几千平方米！望着落差十几米陡峭的雪山，我上雪山前就有点害怕，直到上了雪山后都还有点儿想打退堂鼓——也太高了吧，一不小心掉下去就没命了！可一看到连比我小的小孩都敢拿着滑雪"轮子"排队到最高顶时，我那小小男子汉的自尊就上来了，也鼓起勇气拿着滑雪用的"轮子"排队到最高处。我小心翼翼地坐在气鼓鼓的橡胶轮胎上，工作人员用棍子敲打了一下轮子，轮胎就开始慢慢往下滑。一开始，速度不快，还感觉不到难受，只是感到很激动。后来轮胎越滑越快，再到后来成了飞驰而下，就感觉鼻子越来越难受了，感觉就像鼻子打了麻药，无法呼吸一样，那时自己真有点后悔来滑雪。后悔归后悔，可一到地面我又感觉有点刺激，居然开心地对妈妈说："我还要玩一次。""你不是说你害怕吗？怎么还想玩啊。"后来，我又排队玩了另一个雪道。这个雪道斜坡比较小，但是玩完后，因雪山里温度太低，我的手脚都冻得没知觉了。

百闻不如一见，"世界之窗"带给我的震撼远比想象中的强悍，我至今还记得那侏罗纪公园霸王龙的霸气外漏和在阿尔卑斯那滴水成冰的感觉！

进步？退步？

文 / 朱旎彤

精神与物质对社会来说，似乎都是无法并存的，因此我无法判断这个社会是进步了还是退步了。

曾经老师对我们说他小时候很难吃到鱼，都是把一条带鱼切成二三十块，再加好多好多盐，腌起来，这样每天就可以舔几口带鱼了。我们感到很不可思议，全都笑弯了腰，好多人嚷嚷着："肯定是骗人的。"可老师再三说是真的。我相信了老师，若是理性地去看，我不得不说这个社会进步了。

但我是一个人，我拥有感情，每当想起母亲充满向往的眼神，我会马上否定掉这个结论，从而感叹说这个社会的文明退步了。

我从小就喜欢躺在爸爸妈妈身边，听他们讲他们小时候的故事，最精彩的就是他们过年时做的事，那好像是最令他们开心的节日了。可是那时的我年少无知，认为花生、松糕并没有他们口中说的如此好吃，总是问他们原因，大人们也只是粗浅地回答道："因为平时吃不上呗！"我也就相信了，因为如果是自己好久没吃一样东西，有机会尝尝，我一定也会很开心的。

时间如白驹过隙，我有些大了，知道大人们为什么还惦记着那些只有过年才能吃到的零食，不是因为吃得少或好吃，而是因为那些东西里存在着一份回忆与一份家乡情。

因为要写篇文章，我和妈妈聊起过年有哪些风俗。妈妈说最有特色的是年糕。我说年糕有什么意思，不就是年年高吗？这东西我都背多了。妈妈不理会我的话，自顾自地讲："以前年糕都是把米准备好，磨成米粉，一点点一点点加水，揉成团，再是两个人一起捣。"想想这幅画面，我就能感受到淳朴的气息，捣糕的器具应该就是上次去楠溪江旅游时看到的那东西，我不得不感叹以前人们的聪慧。妈妈说以前的年糕很好吃。说着说着她就沉醉在自己的世界里了，眼中满是留恋和回忆。

借着这空档，我也想起菜市场里有个老爷爷，他没有固定的门市部，每天早上9点左右会挑着两大箩筐年糕，在拥挤的街道上，用正宗的乐清方言叫着"捣糕捣糕"。若有顾客来了，他会把担子放下，提出早已准备好了的年糕。有天妈妈买老爷爷的年糕时，我仔细看了看老爷爷的年糕，发现这年糕并不像是妈妈口中描述的手工年糕，明显是机器制作，口感和其他店里的也差不多。

后来我才想明白，妈妈买的并不是年糕，而是那位老人的辛劳。其实之前我连老人的叫卖声都听不懂，只是知道他在卖年糕，从妈妈的故事中才了解到他的方言含义。偶尔听弟弟模仿他的方言，才有些唏嘘，身为乐清人，竟连乐清方言都辨不得。这不是退步这是什么？

一块块的年糕，一层层的深意，若不是因为考试需要，谁还会记得"年年高"呢？若不是老一辈人还操着方言，谁还会说蹩脚的方言？究竟是进步还是退步呢？

"酸菜鱼"与"胡辣汤"

文 / 薄睿宁

什么？酸菜鱼？胡辣汤？！当是"舌尖上的中国"啊？众位看官别怒，容俺把话说完。嘿嘿，这是我班两位"奇葩"的外号。

一

话说初中开学第一天，在熙熙攘攘的人群里，猛地传来一声："胡辣汤！"足足有一百分贝，简直可以用"惊天动地"来形容了。人群里抱以一阵上气不接下气的捧腹大笑。

"嗯？！"一个高高瘦瘦的男生"挺身而出"，剑眉不经意地挑挑，凤眼一瞪，一股威严的气息便弥漫开来。此时那个声音的发出者——一位有着与他大嗓门极不相符的"五短身材"的现代"武大郎"涌出，嘿嘿一笑："胡辣汤，你不认识我了？"接着便以迅雷不及掩耳之势大喊道："他叫胡乐堂，外号胡辣汤！希望大家喜欢。"

"你！"胡乐堂狠狠地瞪了那人一眼，长出一口气："酸菜鱼，你得瑟可以，就别得瑟到哗众取宠的地步行不？"这仿佛在人群中投下一颗重磅炸弹，大家都炸了锅一般纷纷议论起来。

"酸菜鱼的父亲姓于，母亲姓蔡，所以他的姓名是——"胡乐堂准备以其人之道还治其人之身。

"于蔡！"有几个聪明的同学抱着看热闹不嫌事大的态度大声起哄道。

"于蔡喜欢吃酸菜，而且是论碗吃。所以他的外号是……"

"酸菜鱼！"

胡乐堂脸上露出得意的神情，仿佛斗胜了的大公鸡。而于蔡也不甘示弱，数落起胡乐堂的"鸡毛蒜皮"的事情。

于是乎，两个曾经在小学都能同穿一条裤子的铁哥们便生锈了，变成了"不共戴天"的敌人。

"哼，胡辣汤（酸菜鱼），你等着瞧！"两人几乎是异口同声地咬牙切齿说出了对方的外号。

二

俗话说"先下手为强，后下手遭殃"，于蔡的小脑袋滴溜溜一转，便想出了一个"好主意"来，"嘿嘿，胡辣汤，有你受的！"

"于蔡！"因戴着一副老式圆眼镜而被冠以"老四眼"之称的老班正抑扬顿挫地点着名。"咱这不在这吗？"于蔡大喝一声，逗得大家忍俊不禁起来。

"于蔡！"老班皱皱眉头，"你正经点，瞧你那猴急样！咦，你的名字背后怎么画着一只乌龟，写着'王八蛋'三字？"老班仿佛突然发现一般。

"什么？"于蔡发出一声愤怒到不能再愤怒的地步的呼喊声，他怒发冲冠："究竟是谁诋毁丑化嫉妒我这个十全十美的好男儿？谁？！"于蔡摆了一个酷酷的Pose。老班无奈地摊摊手，"唔，我不知道，反正不是我。"

"哦，是胡辣汤！"于蔡几乎是脱口而出："胡辣汤从一开学就和我为难……"于蔡说着，还瞪了一眼胡乐堂，仿佛是刑讯逼供一般。"我，我没有！你不要血口喷人出言不逊！"胡乐堂腾地一下站起来，激动地为自己辩解。

"胡乐堂！"老班火了，"好汉做事好汉当！做了就是做了！有什么不敢承认的呢？不就是个恶作剧吗？"

"没有！没有！没有！"胡乐堂执拗地辩解道。

"你！下课到我办公室来一趟！"老班也被激怒了，甩袖而去。

"你侵犯人权！"胡乐堂不依不饶。

……

其实这一切都是于蔡的杰作，他自导自演，抓住老班固执的特点，酝酿了这一出"好戏"，让胡乐堂蒙受不白之冤。"嘿嘿，胡乐堂！这下有你好受的！"于蔡躺在被窝里放肆地大笑。

第一回合，于蔡胜！

三

胡乐堂虽不是人精，但也不傻。稍一琢磨，便知道是于蔡的"釜底抽薪"之计。这次胡乐堂要来个"将计就计"——关门打狗！

班级首次小考隆重"举行"。"沙沙沙"只能听见钢笔写字的声音。

"看纸团！"胡乐堂瞄准不远处于蔡的书桌，把手中的纸团掷了出去。于蔡只感觉手臂被碰了一下，仔细一看，嘿，原来是一个皱巴巴的纸团。

"这是什么东东？"于蔡正好奇间，老班却悄然而至，他用一种十分冷酷的声音问道："于蔡，你看什么呢？这么专注？"

于蔡被吓了一大跳，手中的纸团也脱手而出，滚落到地面上。"我，我……"于蔡一时间愣住了，半晌没说话。

"我最痛恨的就是抄袭!"老班把于蔡手中的纸条撕得粉碎。还未等于蔡辩解,老班便又气急败坏地将他的试卷给粉碎了。

胡乐堂在心里乐得前仰后合,"你也有今天!"其实那张纸团上空无一物,不过却让于蔡蒙受了"不白之冤"。

第二回合,胡乐堂胜!

四

转眼,时光飞逝,三个月过去了。胡乐堂的生日也到来了。在于蔡和胡乐堂的较量中,双方互有胜负,算是勉勉强强地打了一个平手。

不过,这次胡乐堂的生日可算是过得有些提心吊胆,因为他得时刻提防于蔡的"暗中偷袭",于蔡的创造力可足足能把一个让人兴高采烈的生日变得索然无味。这次,他于蔡又会耍什么花招呢?

胡乐堂冥思苦想。终于,胡乐堂的生日到来了。

"祝你生日快乐!"KFC里,几个死党对着胡乐堂唱起了生日歌。往常因为于蔡嗓门大,声音十分洪亮,都是他担任领唱。但今天缺了他,胡乐堂感到有些冷冷清清,也开始隐隐怀念这个朋友。

"于蔡!"一个死党眼尖,一下子便瞥见了捧着一大把花的于蔡。

"我对花粉过敏!"胡乐堂捂住了嘴巴,生怕身上长出此起彼伏的荨麻疹来。"这于蔡,真不让人消停。"胡乐堂又气又恼。

"哈哈哈哈!胡辣汤!你看看,这是我专门订做的巧克力鲜花,都是用巧克力做的!只有八朵,抢了啊!"于蔡哈哈大笑起来。

胡乐堂的心里,也渐渐浮现出了一阵温馨的感觉,简直比那巧克力鲜花还要甜,滋味还要更棒。

14°

文 / 陈梓婕

怎么说好呢，那个叫"14°"的咖啡店兼杂货店是个很神奇的地方。为什么是"兼"，因为整个店面大部分是咖啡店，也有一小部分是杂货店。

店面的装修很清爽。沿着窗户一排的植物是根据季节来变换的。春天不是熊童子就是雨露或虹之玉，夏天是薄荷和绿萝，秋天是小雏菊和三色堇，冬天则是芦荟、半枝莲。只要你一在咖啡店坐下，不管你有没有点餐，服务生姐姐都会端给你一杯带木勺的梧桐木杯柠檬茶，要是冬天就是一杯热的蜂蜜柚子茶。

店主是一位很漂亮的大姐姐，我们没大没小地管她叫蜂蜜。她从不穿高跟鞋却很高挑，不像大街上穿着荧光色的衣服、画着浓妆的那些女孩。蜂蜜嫌我现在的名字太难听，就给我取了个名字，叫雨轩。蜂蜜从来都是素颜，穿着纯色或小碎花的衣服，她的笑容很美，很甜。可能就是有这样的女店主，才能让"14°"变成一个美丽的地方吧！

其实，14°神秘的重点不是这里有美女蜂蜜店主，而是这里的奇妙。

这里出售的所有东西都是有味道的，这里的每一样东西包括熊童子都是有故事的。

怎么个有味法呢……就拿咖啡来说吧，这不是一般的咖啡，它的口味是"取"之不尽的——也就是说，他们的菜单上的口味是无限的，只要你说得出来,他们就做得出来。

就比如这位小妹妹。她找了一个靠窗的位置才坐下来,美女服务员就已经到了身边,并亲切地问她要点什么。

小妹妹想了想,指了指菜单上用玻璃杯装着的茉莉花茶——对了,我刚才没和你们说这里的菜单是3D的吗?

"我要一杯'在午后打盹'味的茉莉花茶和一盘'妈妈橱窗里的糖果'味的抹茶蛋糕……"

"好的,小妹妹稍等一下哦!"美女服务员笑了笑,抱着点菜单走向厨房。

我说过了,这里什么口味都有。我曾经一口气吃了两份"超辣芥末酱"和"45°高温"味的烧茄子,打破了之前一个小孩在这吃的那份"40°高温"烧茄子的记录,因此获得了只要未满18岁就永远半价的优惠。

说到价钱,那就要看口味了。一样东西的单价最多不会超过30块。如果没带钱也行,随便把自己哪条回忆当作钱来付给店主就OK。店主收来的大部分记忆用来当作美食的原材料,也有一些当作展品放在杂货店正中间的水晶柜里。

再说说杂货店。

杂货店的门框下挂有一个风铃——这样,一有人进来就可以听到。杂货店里有一种好闻的香味,具体是什么味,我也不清楚,反正好闻就对了……杂货店主要是卖肉肉(一种多肉植物)哇、风铃哇、书签哇……如果你是老主顾,就像我一样,就会发现风铃的不同了。

第一次进门风铃是那样清脆,第二次也是,第三次也是……直到很多次,风铃还是那样清脆,你才会觉得不是风铃绳上的小球在撞击风铃,而是风铃的主体里面有东西。然后你就会好奇地去看,然后你就会发现里面真的有东西,再然后美女店员就会笑着告诉你:"你是本店会员了！其实本店菜单的口味是无限的……"要不然，你以为一个那么神奇的地方是谁都可以知道的，那天下不乱才怪呢！

其实14°的奇妙，发现风铃成为会员只是一个，还有一个，就是满18岁后就看不到这个店了，所以之前我为什么要说那个（不要问我蜂蜜是怎么回事，我也不知道好吗……）。

至于我对这个店有多喜欢，还得从日常生活开始讲起。

我是在初一发现这个店的，因为那时候最讨厌就是在家里写作业。家里又吵，环境又不好，而且一个人写又寂寞（好吧，其实是想抄作业——这点我承认）。和死党一起在咖啡店听着音乐喝咖啡多好，还不用接受父母的唠叨（好吧，我偏题了）。

刚开始我是和死党一起发现这地方的秘密的，当初我们的第一反应都是——"这不可能！……"

直到后来，我们才慢慢接受这个事实，甚至到如今我都有点离不开14°了——写作业在那里，无聊在那里，心情不好在那里，考完试在那里……反正除了在上课在家以外，其他时间都在那里。更要命的一点是，我还有4天就是18岁生日了。过了4天，到了18岁，我就不能和蜂蜜一起聊天，在14°喝我最爱的"布丁红豆珍珠香草仙草旋风咖啡"了。

"4天，4天我能做什么？"我躺在床上翻来覆去地想着。我从昨晚10点睡觉想这个问题，一直想到现在凌晨1点。"告别？对，就是告别，和蜂蜜他们告别！"我4天做不了什么，但是起码的告别还是可以的。

刚好今天是星期六，我换好衣服就往14°跑。我怕我忘了这件事，忘了和他们道别，怕等我发现时他们已经不在了。

跑过熟悉的路口，我却发现怎么也看不见14°。我像发了疯似的找，"怎么可能就不见了啊？"我打电话给死党，她现在应该在14°吃早餐。

"喂?"电话传来了死党的声音。

"你在不在14°!"

"在啊,怎么了。"

"我找不到14°了……"

"不是说18岁就会看不见了吗?"

"可我离18岁生日还有3天!"

"嗯……可我记得你今天生日,今天不是11月6日吗,你生日啊……"后面死党说了什么我没听清,我只知道我的眼睛模糊了。

3年后,我随便找了个奶茶店坐下,望着窗外。我还是忘不了14°,虽然我知道我回不去了。

"雨轩,我能坐这里么。"这时,一个轻柔的声音传来,"我是蜂蜜,你还记不记得?"

同样的素颜,同样的声音,同样的小碎花,同样的果冻色平跟鞋,同样的一个叫蜂蜜的人,以及和14°一模一样的奶茶店。

新生报到那些天

文 / 荆卓然

大一新生中的美眉
还没有到账
大二班的男生
个个摩拳擦掌
嘴唇上的野草彻底清场
蚊子爬上去都摇摇晃晃

头上的鸟窝全新改版
中间高　两边低
一只只斗架的公鸡
随时准备开赴战场

脸上的风景多云转晴
有的还对着镜子
昼夜排练表情

身上的衣服
经常刷新

想复制名人的衣饰
口袋里的钞票却不答应

晚上睡觉
每一张脸都是幸福的视频
虽然主机里的内存有点偏低
每个男生的心里
都播放着有头无尾的电视剧

师专的小路

文 / 荆卓然

不长不短　不肥不瘦
小路是一幅书法作品
写满了我们的青春

从这头到那头
小芬刚到账的春天
还没有走了一半
曼妙的曲线　就引爆了
男生的惊呼

哪位捣蛋鬼
撒落了一路五香豆
像极了可爱又讨厌的青春痘

一条小路　一年四季都是春
即使是大雪铺路
那也只是我们的纯真
暂时破了一个洞
冬天才趁虚而入

两个选择

摘编 / 程思思

在一个学习迟缓儿童学校的募款餐会上,在场的所有人永远忘不了其中一个学生的父亲所说的话。在推崇学校和教职员的付出和贡献后,这个家长问了一个问题:"照理说在无外力干扰下,大自然所创造的一切都是完美的。但我的儿子,西恩,他无法像别的孩子那样学习,他无法像别的孩子一样理解事物。在我孩子身上,大自然的法则何在?"

所有听众都哑口无言。

这个父亲继续说:"我相信当像西恩这样有身体及心智残缺的孩子来到这个世界,是一个展现人类真实本性的机会,而这一次,体现在别人如何对待这个孩子。"

接着,他说了下面这个故事:

西恩在一个公园,里面有些西恩所认识的男孩正在玩棒球。西恩问我:"你想他们会让我一起玩吗?"我知道大部分的孩子不会想要有西恩这样的孩子在自己的队上,但身为一个父亲我同时也知道若他们能让我儿子参加,这会让他得到他所迫切需要的归属感,并建立起自己虽然是残障仍能被接受的信心。

我走近一个男童(不抱太大希望的)问他西恩可否参加,他看看周围的队友然后说:"我们输了6分而现在正在第8局上,我想他可以参加我们的队,我们会在第9局设法让他上场打。"

西恩带着满脸的喜悦困难地走向他的球队休息区,穿上该队的球衣，我悄悄地滴下眼泪，心中有满满的温暖。那些男孩也看出了我对于儿子被接纳的喜悦。

在8局下，西恩的队追了上来，但仍然还输3分。第9局上半场，西恩戴上手套防守右外野，虽然没有球往他的位置飞来，但能在场上他已经很高兴了，我从看台上向他挥手，他笑得合不拢嘴。

在9局下，西恩的球队又得分了。而此时，二出局满垒的状况，下一棒是球队逆转的机会，而西恩正是被排在这一棒。

在这个重要关头，他们会让西恩上场打击而放弃赢球的机会吗？让人惊奇的是他们真的把球棒交给了西恩，大家都知道西恩根本不可能打到球，因为他甚至不知道怎么握球棒更别谈碰到球了。

然而当西恩踏上打击位置，投手已经明白对手为了西恩生命中重要的这一刻放下赢球的机会，所以他往前走了几步投了一个很软的球给西恩让他至少能碰一下。

第一球投出来，西恩笨拙的挥棒落空。投手又再往前走了几步投出一个软软的球给西恩。当球飞过来西恩挥棒打出一个慢速的滚地球，直直地滚向投手。球赛眼看就要结束。投手捡起这软软的滚地球，就可轻易的把球传给一垒手让西恩出局而结束这场球赛。

然而投手却没有那样做，而是把球高高地传往一垒手的头顶上方通过，让他所有的队友都接不到。每个站在看台上的人不管是哪一队的都开始喊着："西恩，跑到一垒！跑到一垒！跑到一垒！"

西恩这辈子从来没有跑这么远过，但他还是努力跑到了一垒。他踩上垒包眼睛张得很大而且很惊喜。每个人都喊着说："西恩，跑向二垒，跑向二垒！"刚喘过气，西恩又蹒跚地跑向二垒，很辛苦地往垒包跑。

这时，就在西恩往二垒跑时，右外野手拿到了球，这个全队最矮的小子第一次有了成为队上英雄的机会了。他大可把球传向二垒，但这个全队最矮的小子了解投手的心意，所以他也把球故意高高传过三垒手的头顶。当前面的跑者往本垒跑时,大家又都喊道:"西恩,跑向三垒,跑向三垒!跑下去,跑下去!"西恩跌跌撞撞地往三垒跑。

西恩能到达三垒是因为对方的游击手跑来帮忙将他带往三垒的方向,而且喊着:"跑到三垒,西恩,跑到三垒。"当西恩抵达三垒,双方的选手和所有的观众都站起来,高喊着:"西恩,全垒打!全垒打!"西恩跑回本垒踩上垒包时,大家为西恩大声喝彩就如他打了一个大满贯并为全队赢得比赛的英雄般。

"那一天,"那个父亲两颊泪流满面轻柔地说,"两队的男孩子把真爱和人性的光辉带进了这个世界。"

西恩没能活到另一个夏天,他在那年的冬天过世,但他从没忘记他曾经是个英雄而且让我们高兴,以及他回家时看着妈妈流着泪拥着她的小英雄的那一天!

有一个智者说过,要评价一个社会就要看这个社会如何去对待他们之中最不幸的人。

面对各种各样的弱者,我们的社会太需要那种给西恩力量的球队的精神,不仅是弱者的需要,更是整个社会的需要。救助西恩就是救助我们自己。

女生的黄金时代

文 / 如风

我们在根本没有任何准备的情况下不期而遇，与其他人一样，认为这不过是普通的邂逅，很快我们会再次分开。没想到我们却有缘在初三时相处了整整一年的时光。

他是我的前桌。初中时，班级里的男生都不算很高，反倒是女生们个个儿都亭亭玉立。女孩们发育早于男生二、三年，所以，初中时代是母系氏族社会末期，成绩排在前面的是女生，个头儿长得高的是女生，在各种活动中出类拔萃的大多是女生。

我们还来不及享受这一人生中最后的辉煌时刻，就将永远的进入父系氏族时代。教师包括女教师们并不帮助我们珍惜这得之不易的即将逝去的美丽时刻，不断地用这样的话语鼓励男生们隐忍这一生中唯一的低谷时期："到了高中以后，女生们事儿多了，智力、体力都会下降。""哼！"对于此话我和同桌许心平总是心怀不屑，鼓足了劲儿要向传统观念宣战。

当时，我们拥有足够的资本，她是班长，成绩总是在前五名之内，我是物理课和数学课代表，成绩紧随其后，我们绝不相信这些惑众的妖言及蛊惑人心的混帐话。

然而不到一年，高一的生活随即证明这些当时我们认为荒谬绝伦的话，竟然成为不可动摇的真理！先享受完这段人生中最后的黄金时代吧，随后的黑铁时代必将到来，无论我们多么不情愿，无论我们多么想把黑铁时代重新铸造成黄金时代。

是的，初中是女孩儿们的黄金时代，我们美丽、聪明、热情、活泼、敢想敢做，在成绩上名列前茅，在各种活动中也占尽先机，无论是文艺演出还是运动会，都少不了女生们的歌舞表演及团体操方队，这世界若缺少女孩，将缺少一半的美丽。当然，也缺少一半的麻烦。但麻烦是男孩带来的，他们想占有这美丽。

相形之下，男生们个头又小又懦弱、思维迟缓、言语钝化、两眼无光，像是早衰的小老头一样，加上正处于变声阶段，头脑本不太灵活的男生们一张开嘴用公鸭嗓子说话，立即让他们自己都觉得矮女生一头。而女生们正褪却幼稚的孩子的外衣，披上少女的金光灿灿的羽毛，即使是在阴暗沉寂的教室里也掩盖不住她们的光芒，连校长和教师们都对女生们高看一眼。

在初中，男生们想在学习成绩及身体发育上与女生叫板，声音是微弱而沙哑的。初中时代是属于女生的。是的，女生。我一提起初中时代，能够想起的女生是那么多，男生却只有二、三个。初一时的郭冬梅和夏兰，这是两个颇有姿色、性情贤淑的女生，顺理成章地成为调皮捣蛋的男生们的"调戏"对象，一到自习课上就缠住她们两个说说笑笑、打打闹闹，有时会惹得这两个未来的贤妻良母也十分不耐烦，拿起教科书做出要打他们的状态，但也只是举起来，又放下。每一天下午自习课，都会上演这样的西绪福斯式的闹剧，一个逗，一个笑，一个惹，一个恼，一个得意，一个无奈，一个得寸进尺，一个退避三舍。

夏兰的个子很高，大约有一米七，人很瘦弱，显得她更高。夏兰长了一张瓜子儿脸，五官小巧精致得像江南小镇一样，皮肤很白，又时常涂抹一点粉，更显得风姿绰约。冬天时，她时常穿一件长及膝盖的苹果绿色呢子大衣，背后有一排巨大的扣子，更显得她窈窕婀娜，吸引了众多男生追随的目光。她的脾气好极了，简直没有脾气，最多皱皱眉头，拿起书威胁一下"挑逗"她的男生："起开！我要温习功课了，快走开！"这时，男生们就大声说："你看，你看，夏兰，夏兰，一吓脸都'蓝'了。"她被迫笑起来，笑得灿烂的让人看不出是被迫，误以为她很喜欢这种调笑，给了男生得寸进尺的勇气和借口。

我每天都可以看到他们之间在进行这种你来我往的较量，我实在想不明白，为什么男生们都去逗她，为什么她真的不生气，若是换了我，准会一个巴掌让他们永远不敢再来！"噢，原来是这样，"我拄着下巴，呆呆地看着教科书，我明白他们为什么不和我说话，偏偏喜欢她们两个了，因为她们温驯、柔弱、不真生气。而我外表倔强、刚硬，没男生轻易敢惹，更何况惹我一次再没有第二次，是人都喜欢选择没有风险的生意投资。蜜蜂和蝴蝶永远盯着最美丽的并且对它们没有任何危险的花朵，至于带刺儿的、带怪味儿的花儿就退求其次了。

郭冬梅的个头稍微矮一些，也有一米六七左右，身体稍微结实一些，脸若银盆，牙齿如雪，像梳子齿儿一样整齐，她总是扎一个不太长的马尾辫子，刘海儿长长地梳到一边，一低头就掉下来，所以她经常用手去拢刘海儿。那一举手投足间，过早呈现的女性韵味儿就流露出来了。她招来的蜜蜂比夏兰引来的蝴蝶还要厉害，有一次她被逗弄哭了，之后的几天，男生们不敢再造次，但是一看到她露出笑容就立即原形毕露，围到她身边。

郭冬梅的舞跳得很好，在元旦晚会上，她跳了一支当时最流行的二十四步，惊艳了许多人，尤其是男生。她是我初一时的后桌，连我也爱同她讲话，但是一有男生像苍蝇一样围过来，我就得转过身来，独自做作业，把机会让给令人讨厌的男生。这让我好生郁闷，却又不敢说出真实想法。我也很想与男生交流，但不肯低三下四，不愿主动低下高贵的头颅靠近他们。最恼人的是他们不肯主动来招惹我，让我觉得有些气愤而又无趣。但是宁可遗憾，也不能失去自尊。我心里一边怪男生不理睬我，一边根本不打算让自己变得文静温柔一些，我一心想成为与传统相反的形象，因而男生们见到一个像男生一样的女生就像见到河东狮一样避犹不及。

我就是那么倔强，经过十五年的运作与训练，这倔强已经深入骨髓、竟成为我桀骜不驯的气质中的一部分了。如若说在这个又胖又不美、脾气又暴躁、家世也不富贵的小女孩身上，有什么值得可取的地方，那就是学习好和有气质。是的，我很早就形成了一种独特的气质，全系多年来与世俗抗争累得没空儿歇息所致。我不知道时，它悄悄来临，这使得我整个初中生活中即将会出现一个白马小王子，不致于孤零零地什么也没有，一味与女生为友。虽然，现在，我笑笑，若是当时能够预料到十五年后的我只要一出门，总有陌生男人想与我搭话，当时的孤独根本算不得什么。但是，当时，对于一个情窦初开、处于青春期的孩子来说，怎么能耐得住寂寞？他最渴望的事情就是与异性交往，他们最想了解的是异性的奥秘，不接近异性就什么也不会知道。

那个时候，没有网络，没有盗版碟片——兴许有，只是我们并不知道，学校也不肯给我们这方面的教育，家里人也讳莫如深。我们没有渠道，没有方法得到有关知识。没人敢问，即使迫切地想了解这一切，简直迫切到了无法控制的地步。学校给我们的适可而止的教育受仅限于初一时发了一本《青春期知识手册》，初二时开了几堂生理课——男女分开上课，这样的课上不上没什么区别，老师讲的都是我们知道的，我们不知道的老师又绝对不肯讲。就这些，再多一点就没有了。谁都希望再多一些，最好能了解全部，然后就心安理得地学习和成长了。因为，神秘已完全消失，好奇从来只适用于未知的领域。

那本《青春期知识手册》，我记得，至今我都记得。当它刚发到我手里时，这几个字就吸引了我，恍惚中时常听人提起"青春期"这三个字，但又一点儿都不明白它的标志是什么，年限有多长，从几岁到几岁，有什么具体反应，需不需要吃药。我立即打开书，仅是那些极为表象的目录就让我面红耳赤：女生为什么会来月经？经期间的女生的身体会有什么变化？经期间是否应该参加体育活动？青春期时为什么渴望同异性交往？男生为什么会变声？男生为什么会遗精……我马上翻到那一页，想知道我为什么渴望同异性交往。那么，现在，我一定处于青春期了。可是，书上说的很理论化，我并看不明白，我想了解生命的起源和奥秘，人的本能，人诞生的过程，书中根本没有提及。

　　偷偷地背着人疯狂阅读：将书摊在桌子上，靠近墙壁，双手紧紧捂住书页四周，仅留下几行字给自己，我偷着读，就像文革中的人们偷读西方文学名著一样小心谨慎。正在这时，书突然被我的同桌猛地抢过去，我恼羞成怒，低声喝斥："李英杰，快还给我！""不给。""你……"我也真够愚蠢的，这本书人人都有，人人都会看，人人——处于青春期的人都想了解我所想知道的问题，并没有什么可值得掩饰的，根本不应该感到羞涩，无论你是祈盼还是厌恶，青春期一定会到来，在每一个的生命的成长过程中都会如期而至，有什么可感到耻辱的呢？

　　可当时，我就觉得是一种耻辱，我在偷看为什么想要与异性交往时竟然被异性抢去了书——我的恼怒也在情理之中。我一把揪住了李英杰的衣领，死死地拽住他，将他往椅子后面拖，"你给不给我？"他的椅子两条腿着地，整个人悬空，赶忙用一只手抓住桌沿："给，给，我的天哪！"我就是这么对待男生的，所以，根本没有男生敢和我开玩笑，更别提表达好感了。除非他具有恺撒和屋大维的勇气，才敢认为自己能够征服埃及艳后一样的厉害女人。令人遗憾的是：我全无一丁点儿埃及艳后的姿色，却像她一样强硬蛮横。

　　李英杰长得非常英俊，我们虽是同桌，但除了一起听课之外没有任何其他交往，彼此之间一丁点儿都不了解。但十五年后我仍记得他的样子，当然是他十五岁时的样子，如果他现在——此时此刻站在我面前，我一定会惊讶得连连否认面前这个三十岁男人就是当年那个小男孩儿，我一定不想认他。

我清楚地记得他当年的样子：圆圆的脸上，一副浓黑的剑眉，一双大眼睛，双眼皮双得很重，显得他的眼睛更大，眼睫毛乌黑浓密又很长。我时常在他专心听课时用眼角瞄他的眼睛，心想，一个男生怎么会有这么美的眼睫毛？我的呢？我长眼睫毛了么？他的鼻梁很高，嘴唇薄厚适中，一口我最向往和欣赏的洁白而整齐的牙齿，笑起来非常好看。他个子不高，当时，与我差不多，或不及我，想必后来，高中之后他一定会长得很高。他活脱脱一副女生们梦中情人的模样，我奇怪我只是遥想别的男生来找我谈天说地，为什么不想想怎么能近水楼台先得月？

遗憾的是，我总看到他回头与郭冬梅嘻笑打闹，却不记得我们之间有过这样的甜美的场景，一定没有，否则无论如何我都会记得，即使我因车祸暂时失去记忆——韩剧中惯常使用这样的情节，我也会记得在上初一那一年，我的同桌长着一副我幻想中的小白马王子模样，我像个小公主最起码是灰姑娘一样每天白天与他一同上课，做作业，讨论数学题。啊，多美啊！那种感觉，与一个那么美的男生在一起复习功课，现在想想都是美的，美得无与伦比、千金不换。可是，没有，什么也没有发生。我们之间只有一种关系——同桌，再扩大下愣找出点儿别的关系就是——同学。再没别的了，真遗憾啊！

初一时第一次期中考试后的一天下午，夏兰与郭冬梅正被男生们搅扰着，班主任康老师走进教室到处视察。我和郭冬梅都吓得大气不敢出，我琢磨着康老师一定知道郭冬梅时常与男生说话会借机狠狠地教训他们一番，适当的警醒也不是没有好处，免得我吃不着葡萄总嫌葡萄酸。

"……"没想到康老师响亮地叫了我的名字，我的血液立即凝固成冰，冻成了一根冰柱，心想："老师真是有眼无珠，不是我，是她，是他们……"康老师站在李英杰身边，我紧挨着墙，以防自己随时倒在地上，双腿冰封后又重新恢复知觉，不由自主地在桌子底下颤抖。"进步很快。代数得了一百分。你刚升学时成绩排在全班第二十名，这一次考了第二名，努力啊。"我的肉体一下子被灵魂放逐，从僵硬的状态变为松软的自然状态，怯怯地抬头望了康老师一眼，不好意思地笑了一下，重重地点头。康老师离开教室后，我立即被他们包围，就像一个明星被粉丝、钢丝、铁丝们包围一样，心里甭提多骄傲了。

但是成绩并没有增长我的魅力，男生们除了找我问数学题之外绝不肯和我多调侃几句。其实，我想，只是，不说。我对着镜子，照着自己的身材的每个角落，无论从哪个角度看上去都称不上美，皮肤过黑，身材浑圆，称不上胖，但也绝对不苗条，脸庞过宽，眼睛不算小，但是眼皮前单后双，双的并不明显，鼻子不低，但也不俏，嘴巴过大，嘴唇过厚，与传说中的樱桃小口毫无关系，如果不用血盆大口来吓唬别人，至少也得用苹果大嘴来嘲笑自己。我郁闷极了。看来，依靠美丽来吸引别人的注意力是不可能实现了。那么，唯有一个办法：依靠智力，只要我的成绩遥遥领先，我就有资格与漂亮女生们平起平坐。

我并不想利用漂亮这个资本去吸引男生，但是，我希望拥有漂亮本身，至少，可以让自己赏心悦目。我没有，是的，做为女孩，没有众人所一致推崇的最重要的东西是一种遗憾，但不是没有东西来弥补。成绩就是最好的证明，康老师在全班同学面前夸奖我了，而她永远不会在众人面前夸奖漂亮女生的姿色。可是，不漂亮的女人确实有诸多烦恼和不便之处，比如康老师就不漂亮，所以婚事成了她最大的难题。她的人生按照传统模式已进行到大学毕业，拥有了一份稳定的工作，接下来就应该结婚、生子了，可她却因为年龄与容貌屡屡不能成功。二十六、七岁的女人在一九九二年的蜂城已经很老了，她一定被众亲友们逼迫得失去了理智，以至于有一次在上课时正在讲正、负数时冒出了"结婚"两个字，她的脸"刷"地一下子涨红了，像猴子忘记了自己的短处将身体转过来对着人一样，本来不好看的脸更加没法子观赏了。但她很快镇静下来，接着讲平方与平方根，学生们也没注意到，没人起哄，因为没人明白她的人生的担子是多么深重。而我却清楚记得，因为我上初三时，她终于结婚了，与我高一时的劳动老师结婚。那个劳动老师身上有一种艺术气质，却去教了无足轻重的劳动课。我曾在重点高中的校园里遇到过康老师，那是我趴在高一班级的窗台上向操场上张望时。我看到康老师正离开教学楼往大门走去，她的肚子隆起很高，为了这一刻，她已在佛前许愿了五百年，我望着她离去，她的人生任务完成了，她的耳朵轻松了，但生活一定更加沉重了。

2008年夏天，我回故乡办理护照和港澳通行证时，到百货大楼里逛了一圈儿，没想到竟然遇到夏兰！她还是那么高，还是那么白，只是变成了一个小妇人。我热切地与她打招呼，她却记不起我了。我介绍了半天，她恍惚着似乎想起，又似乎只是假装想起。我淡淡地笑笑："遇到你，很开心。再见，我的老同学。"我初一时的后桌，她已经不记得我了，不记得这个其貌不扬的我，而她，不仅被记起，而且永远留在了我的文字世界中。

人世间，太多事情和情感都不是对等的，勿需计较，被怀念是幸福的，能时常怀念别人也是幸福的。

好的心态是成功的关键

摘编 / 鲁文

30年前，费兰德还是一个13岁的少年时，他把自己人生的目标定在纽约大都会街区铁路公司总裁的位置上。为了达到这个目标，他与一伙人一起为城市运送冰块。虽然没有上过几天学，但是他依靠自己的努力，不断地利用闲暇时间学习，并想方设法向铁路行业靠拢。

18岁那年，经人介绍，费兰德进入了铁路业，在长岛铁路公司的夜行货车上当一名装卸工。他觉得这对他而言，是一件十分难得的机遇。尽管每天工作又苦又累，他都能保持一份快乐的学习心态，因此受到赏识，被安排到铁路上，开始干一份检查铁轨和路基的工作。尽管每天只能赚1美元，但是，他感觉到自己已经开始向铁路公司总裁的职位迈进。

随后，他又被调到铁路扳道工的岗位上。在这里，他依然勤奋工作，加班加点，并利用空闲帮主管们做一些书记工作。后来，他回忆说："不知道有多少次，我不得不工作到午夜十一二点钟，才能统计出各种关于火车的盈利与支出、发动机耗量与运转情况、货物与旅客的数量等数据，做了这些工作后，我最大的收获就是迅速掌握了铁路各个部门具体运作细节的第一手资料。而这一点，没有几个铁路经理能够真正做到。通过这种途径，我已经对这一行业所有部门的情况了如指掌。"

但是，扳道员工作只是与铁路大建设有关联的临时性工作，工作一结束，他就立刻被解雇了。为了能继续留下来，他找到了公司的一位主管，告诉他，自己希望能继续留在长岛铁路公司做事，只要能留下，做什么样的工作都可以。对方被他的诚挚所感动。调他到另一个部门去清洁那些满是灰尘的车厢。很快，他通过自己的实干精神，成为通往海姆基迪德的早期邮政列车上的刹车手。

无论做什么工种，费兰德始终没有忘记自己的目标和使命，总是怀着积极的心态，不断地补充自己的铁路知识。经过多年的努力，费兰德最终实现了自己的梦想，成为铁路公司总裁。

事情的最终结果往往取决于一开始做事时的心态。如果我们能以一种豁达开朗、乐观向上的心态去构筑每一天，那么，我们就一定能实现自己的梦想。

生活就是如此，如果你能以一种豁达开朗、乐观向上的心态去构筑每一天，你的日子就会变得灿烂而光明。反之，如果你一味忧伤、怨艾的话，你的眼里就看不见灿烂和光明了，长此下去，你不仅可能会丧失对美好生活努力拼搏的勇气，而且还可能永远体会不到那些构成我们生命之链的细碎快乐。

记得以前看过的关于三只钟的寓言故事：一只新组装好的小钟放在了两只旧钟当中。两只旧钟"嘀嗒""嘀嗒"一分一秒地走着。其中一只旧钟对小钟说："来吧，你也该工作了。可是我有点担心，你走完三千二百万次后，恐怕便吃不消了。"

"天啊！三千二百万次。"小钟吃惊不已，"要我做这么大的事？办不到，办不到。"另一只旧钟听了这话便对小钟说："你不用害怕，没有谁要求你一定要摆三千二百万次，现在，你只需每秒嘀嗒着摆一下就行了。"

"天下哪有这样简单的事。"小钟将信将疑，"如果这样，我就试试吧。"

从此,小钟每秒钟很轻松地"嘀嗒"着摆一下,不知不觉一年过去了,它轻轻松松就完成了一年前在它看来不可能完成的三千二百万次。

以正确的心态看待事情,在做事的过程中会往往更加用心和专注,如果一开始做事就抱着错误的心态和观念,即使才华横溢、经验丰富,也会把事情办糟。

人人都渴望梦想成真,但成功似乎远在天边遥不可及,而倦怠和不自信经常会让我们怀疑自己的能力,让我们放弃努力。在这个过程中,我们有时会被途中的细枝末节和一些毫无意义的琐事分散精力,扰乱视线,以至于中途停顿下来,或是走上岔路,而放弃了自己原先追求的目标。

事实上,面对远在天边的梦想,我们只需像那只小钟一样,每秒轻松地嘀嗒一下,不去多想以后的事,只需想着自己当下应该做的事,然后全力以赴地努力去完成就足够了。这样,我们不仅能实现自己的目标,而且在奋斗的过程中不会感到是一种付出,而是一种实实在在的得到。

要知道,任何理想的实现都不可能是一蹴而就的,同样,任何付出都不会没有收获,只要我们不失望、不半途而废,那么,我们就一定能获得成功!

还好有你在

文 / 宋语涵

初三毕业前的那一学期是紧张期，连好友即墨都紧张了起来，记得刚上初中的时候我们是班级里最不务正业的学生，生活中除了学习以外什么都有。

说是这么说，其实我和即墨谁都没有真正的放下心来玩过，我们是最好的朋友，同时也是最大的对手。即墨是个高智商人类，没有全身心的投入学业仍稳居年组前十名，不像我，永远排在她后面。我和她有很多不像的地方，比如我喜欢唱歌，即墨却从来不开口，连哼哼都不肯。但如果非要用共同点把我们联系起来，那就是我们写作文都很跳脱。大多数时候即墨跑题比我跑得更远，所以如果一张卷子上有两个文题的话，她绝对不会写全命题的那个。能证明她很跑题的一例就是上次我们考试，文题是"XX的美丽在于XX"，即墨一开始写的是《心灵的美丽在于真诚》，后来楞是被她写成了《环境的美丽在于珍惜》。后来我想了好久，仍是没想出她是怎么把这两个完全不同的题目联系在一起的。

如果非要用三个字形容我和即墨的关系，那一定是"特纠结"。我说了我们两个既是朋友也是对手，有的时候了解对方甚至多于了解自己，有时会大吵一架，过几天又莫名其妙的和好。我总觉得闺蜜是世界上最尴尬的关系，因为除了父母以外还有一个比自己还了解自己的人，乍的一听是很好，仔细想想还挺可怕的。

好朋友还有一个特点，那就是会互相影响。这一点在我和即墨身上有了完美的体现，比如我最大的爱好是在本子上不停的写一些别人看不懂的句子。即墨开始会趴在我的桌子鄙视我的爱好，后来她也变得和我一样爱写字。不过也只是写字而已，我还达不到写文章的水平，只能把自己想的写出来。我还学过一段时间的民乐，即墨听说后也乐颠颠的跑去乐行，我学葫芦丝她学长笛，时间点正好错开，我每天放学都能看到她迎面走来。结果就是我们都在两个月后选择暂时放弃，对外的说辞是那时候正好要升初三，没有那么多时间，不过私下里我们都互相坦白说其实是因为自己太懒了才没有继续下去。要不怎么说是好朋友呢！

　　说起来我和即墨的初遇真的挺奇怪的，那时候她看起来像一个特文弱的女生，人家指使她去做什么她都会去，有点像一个"便利贴女孩"。我莫名其妙的就有一种想保护她的感觉，对她说要不交个朋友吧！于是我们两个就成了朋友。真正和她熟悉之后我才发现即墨这个人跟"文弱"两个字根本不沾边，纯粹是一个暴力分子，手劲大的惊人。

　　即墨最爱看有关武侠的东西，无论是电视剧、电影还是小说。即墨向往那种金戈铁马、快意恩仇的生活。她心中有一个江湖，所有她在意的人都有一个属于自己的位置，那些伤害过她的人就像是武侠小说中十恶不赦的大坏蛋——无论平时多威风，到最后总是会死于某个大侠的刀下。

　　与她不同，我是个彻彻底底的杂食动物，什么文章都能接受，不过要我真正喜欢，那它其中一定要有一些让人印象深刻的句子。如果说即墨内心有一个江湖，那我的内心就是有一座城池。江湖里的英雄们可以为了义气不顾一切，说一不二；城池里的人却有自己的一己私欲。这里的人有好有坏，每个人都有自己份内的事，每一天这些不同身份的人都在有条不紊的生活着。要是有一天某个人带着坏心思闯进我的心城，我就把他驱逐出境，当一个陌生人对待，然后把城管理的更好。只有那些真正我在意的人，才能被放在城中央，那个叫"家"的地方。

我和即墨很少谈心。多半原因是因为我泪点极低，有时候说到一些无关痛痒的事都会忍不住落泪。我们上一次谈心是在大吵一架之后。那一次我们差一点闹到绝交的地步，后来不约而同地说："出去散散步吧。"于是才边走边聊。那一次我特别冷静，往常都是我大呼小叫然后即墨在旁边静静地听。但那一次我们都很安静。也许在大事面前我们都会变得冷静，而那次是我们到目前为止遇到过的最大的事。

我和即墨都是很少抱怨的人，很少抱怨自己虚弱的身体、贫困的家庭条件，或者很难提高的成绩。因而所有人都觉得我们是泡在蜜罐里长大的孩子，以至于她们只看到了我们成绩单上的风光，却从不注意我们在家里是如何学习的。以至于她们忘记了，不抱怨并不代表我们没看到上天的不公，而是我们知道，这种不公就算说出来，也并不能改变什么。

我们只能一直向前走，不理会旁边人的揣测与责难。因为我们知道，当自己站在梦想的肩上时，再转过头来微笑辩解，也为时不晚。

写这篇文的时候我在听至上励合的《还好有你在》。

老实说我对这个组合没有多大了解，却莫名的喜欢这一首歌。由此可以判定，这次我想对即墨说的话不是心血来潮，而是一直很想对她文艺的说上那么一句：

还好有你在。

还有那些在我生命中存在过的人，即使你们中的一些只是路过这座城休息的过客，但你们终究是在我伤心、沮丧、难过或欣喜若狂时陪伴过我的人。

——成长的路很长很累，还好有你们在。

顺势而为

摘编 / 王念

古人说:"观千里不能自顾其耳,举千钧不能自拔其身。非目不疾,力不及也,势也。得势者成,缸中水有形无势,水若得势,排山倒海;不得势者则借势,借天势、地势、人势。"意思就是说,一个人就算是千里眼,也看不见自己的耳朵;能举起千斤重的物品,也不能把自己举起来。这不是眼力和力气不够,而是因为"不得势"。

那什么是"势"呢?"势"就是事物的趋势、态势和位势。比如,国内外的情形叫形势,失火的火叫火势,发大水的水叫水势,有权有势叫权势。势是一种有利的位置,是取得利的一个重要条件。如果没有势,那么也很难获得利。

汉高祖刘邦在夺取天下之后,曾对手下的大臣说:"出谋划策我比不上张良,筹集粮草我比不上萧何,行军作战我比不上韩信,但最终得到天下的却是我。何故?"不管他的臣子当时是如何回答的,但有一点是可以肯定的,那就是刘邦善于依靠别人的智慧和才能,走向了成功。与刘邦同时期的另一位枭雄项羽则刚好相反,项羽仅凭匹夫之勇,虽然有一个范增为他谋划,他还是很少听取范增的意见,以为自己凭着"力拔山兮气盖世"就可以夺得天下。正是因为他不善于依靠别人,结果他的手下如士兵韩信、都尉陈平等都投到了刘邦门下。

很多人之所以不成功,某种程度上不是因为能力的问题,而是因为

"不得势"。那么,一个人若要想获得成功,在没有"势"或是"不得势"的情况下,如何才能为自己营造一定的"势"呢?

《孙子兵法·势篇》对造势的比喻是"如转圆石于千仞之山者",意思是就像一块石头悬在高空,弄得人心惶惶,都急急忙忙地奔跑躲避。这就形成了一种"势"。一旦下落形成的威胁力就是势力。这种势的力量和威胁远远比那块悬在空中的石头大得多。有心人就可以利用这种势做许多事情。假如有人出售可以抗御那块石头的安全帽,或者有一个安全的避身之所,这就是造势。

造势是走向成功的重要手段!

秦始皇统一六国之后,长期无休止地滥用民力,造成了严重的社会危机。公元前209年七月,在现在安徽、河南交界地区,有一支九百人的农民队伍,被征调去渔阳守边。其中的陈胜和吴广,也属被征之列,并且还被指定为屯长。当他们到达蕲县大泽乡时,遇到了大雨,误了去渔阳的期限。按照秦朝法律规定,延误期限将处以死刑。

陈胜和吴广决定发动起义，以便从死亡中杀出一条生路来。当时大多数人迷信鬼神，为了让大伙儿响应他们，陈胜和吴广便想出了一些计策。他们拿了一块白绸条，用朱砂在上面写上"陈胜王"三个大字，把它塞在一条人家网起来的鱼肚子里。兵士们买了鱼回去，剖开了鱼，发现了这块绸子上面的字，十分惊奇。

到了半夜，吴广又偷偷地跑到营房附近的一座破庙里，点起篝火，先装作狐狸叫，接着大喊道："大楚兴，陈胜王。"全营的兵士听了，更是又惊又害怕。第二天，大伙儿看到陈胜，都在背后点点戳戳地议论着这些奇怪的事，加上陈胜平日待人和气，人们就更加尊敬陈胜了。

有一天，两个军官喝醉了酒。陈胜和吴广故意跑去激怒军官，跟他们说，反正误了期，还是让大家散伙回去吧。那军官果然大怒，拿起军棍责打他们。陈胜和吴广乘机杀掉那个军官。然后，将戍卒召集在一起对大伙说："弟兄们！我们遇到大雨已经延误了期限，按规定应处死刑。就是不被处死，因守边而死的，恐怕也不在少数。男子汉大丈夫不能白白去送死，死也要死得有个名堂。王侯将相，难道是命里注定的吗！"

大伙儿一齐高喊说："对呀，我们听您的！"陈胜叫弟兄们搭个台，做了一面大旗。旗上写了一个斗大的"楚"字。然后让大伙对天起誓，大家一起同心协力，推翻秦朝。就这样，陈胜、吴广利用当时人民的迷信心理，为自己称王"造势"，建立了历史上第一支农民起义军。

顺应天道，创造出有利条件，待时机成熟时，运用智慧，立即行动，才能有所作为。俗话说：时势造英雄。贤才时时都有，但不是有才能就能够成为英雄，如果不是时势将他们推向历史的舞台，他们又怎么能成为英雄？只有当他们的才能顺应了时势要求时，他们才成为了英雄。

在当今这个飞速发展的社会，要想成就一番事业，就要顺势而为。顺势而为是一种难得的人生智慧，值得每一个人去领悟和采纳！

乐观让你靠近幸运之神

摘编 / 博奋

英国作家萨克雷有句名言："生活是一面镜子，你对它笑，它就对你笑；你对它哭，它也对你哭。"如果我们心情豁达乐观，我们就能看到生活光明的一面，而乐观的心态也会给我们带来更多好运。

一个生活态度乐观的人，相信好运会随时降临到自己身上，即使遇到挫折也不会怨天尤人，因为他知道，阳光总在风雨后，既然好运必将来到，就没有必要给自己太多烦忧。生命的阳光是光彩夺目的，能否活出生命的七色阳光，完全靠自己的努力和奋斗。无论你是选择英雄还是甘当懦夫，是选择放弃还是主动争取，完全取决于自己对于生活的态度。既然如此，我们何不用乐观的态度去对待生活，带着微笑上路呢？

永远保持正面积极的心态是取得成功的关键。成功者面对任何事情的时候，总是会看到事情好的一面，他们身上似乎有一种能把任何事情都变成好事情的魔力。

拿破仑·希尔曾说："人与人之间没有太大区别，只有积极的心态与消极的心态这一细微区别，但正是这一点点区别决定了20年后两个人生活的巨大差异。"有一句话叫做心态决定胜负。在赛场上比拼分输赢的时候，考验的就是一个人的心态。心态最好的人就会取得最后的胜利。心态好的人不管遇到什么困难，都会保持好的心情、好的脸色，永远不变。而这样的人，往往都是非常成功的人。

有这样一个故事：

有一只小狗名字叫"小高兴"，因为它每天总是高高兴兴，遇到什么事都说"太好了"，"小高兴"有一个好朋友，名字叫"不高兴"，因为它每天总是闷闷不乐，遇到什么事情总是说"太糟了"。

两个小伙伴一起去找吃的。"小高兴"说："太好了！要去找吃的喽。"

"不高兴"却说:"太糟了!还得去找吃的!"

它们找了一天没有任何收获,在天黑的时候它们终于找到了一枚鸟蛋。

"小高兴"说:"太好了!居然捡到一枚蛋。"

"不高兴"却说:"太糟了!今天只捡到一枚蛋。"

两个小伙伴正准备把蛋煮了吃掉,突然,蛋壳裂开了。"小高兴"兴奋地说:"太好了!我们有一只小鸟了!"

"不高兴"却说:"太糟了!我没有蛋吃了!"

"小高兴"和"不高兴"开始喂小鸟。

"小高兴"说:"太好了!我准备把小鸟养大。"

"不高兴"却说:"太糟了!我竟然成小鸟的保姆了。"

时间过得很快,这只小鸟渐渐长大了。

"小高兴"说:"太好了!看看能长多大?"

"不高兴"却说:"太糟了!它究竟还要长到多大啊?"

后来,这只鸟儿长得都快要与两个小伙伴一样大了。"小高兴"说:"太好了!我有了一个大鸟朋友。"

"不高兴"却说:"太糟了!这么大的鸟儿我可吃不了。"

终于有一天,这只大鸟飞走了。"小高兴"和"不高兴"只好再去找吃的……

当它们走在路上的时候,这只大鸟又飞了回来,而且还给它们送来了好多食物。这下子"小高兴"和"不高兴"都高兴起来了。它们都说:"太好了!今天的运气可真好呀!"

这个故事说明了一个道理:任何事情的发生都有两面性,就看你从哪个角度看待它,而不同的心态也就会带来不同的结果。

有一位智者说过:"生性乐观的人,懂得在逆境中找到光明;生性悲观的人,却常因愚蠢的叹气,而把光明给吹熄了。当你懂得生活的乐趣，就能享受生命带来的喜悦。"

说到这里，便又想起另外一个故事了。传说有位秀才第三次进京赶考，住在一个经常住的店里。

考试前两天这位秀才做了三个梦：第一个梦是梦到自己在墙上种白菜；第二个梦是梦到下雨天，他戴了斗笠还打伞；第三个梦是梦到跟心爱的表妹脱光了衣服躺在一起，但是背靠着背。

这三个梦似乎有些深意，秀才第二天就赶紧去找算命的解梦。算命的一听，连拍大腿说："你还是回家吧。你想想，高墙上种菜不是白费劲吗？戴斗笠打雨伞不是多此一举吗？跟表妹都脱光了躺在一张床上了，却背靠背，不是没戏吗？"

秀才一听，心灰意冷，回店收拾包袱准备回家。店老板非常奇怪，问："明天不是要考试吗，怎么你今天要回家？"秀才便把算命先生的一番话告诉了店老板。

店老板一听乐了："哟，我也会解梦的。我倒觉得，你这次一定要留下来。你想想，墙上种菜不是高种（高中）吗？戴斗笠打伞不是说明你这次有备无患吗？跟你表妹脱光了背靠背躺在床上，不是说明你翻身的时候就要到了吗？"

秀才一听，觉得很有道理，于是精神振奋地去参加考试，结果中了个探花。

用乐观的态度对待人生，可看到"红杏枝头春意闹"的美景；用悲观的态度对待人生，举目只是"愁云惨淡万里凝"的阴沉。譬如打开窗户看夜空，有的人看到的是星光璀璨，夜空明媚；有的人看到的是一片黑暗。一个乐观的人可以在茫茫的夜空中读出星光的灿烂，增强自己对生活的信念，一个悲观的人却让黑暗埋葬了自己且越葬越深。

人性的乐观和悲观，其实主要还是自己的心态问题。就好像两种性格的人走进同一片森林，悲观的人可能会说这里蚊子太多，吵哄哄的，影响了他欣赏花草的雅兴；而乐观的人可能会说这里除了美丽的花草，还有蚊子在唱歌，真是太美妙了。如果两个人再走出这森林，悲观的人可能又会说无聊、郁闷和压抑之类的话了；而乐观的人就会觉得四周一片明亮，自己的内心世界豁然开朗。所以在同一环境下的两种不同心态的人，他们对事物的看法是不同的。

一位著名的政治家曾经说过："要想征服世界，首先要征服自己的悲观。"人生在世，不如意的事情十有八九，悲观的情绪笼罩着人生的各个阶段。克服悲观的情绪，用开朗、乐观的情绪支配自己你就会发现生活有趣得多。悲观是一个幽灵，能征服自己的悲观情绪便能征服世界上的一切困难之事。

然而，人终归是情绪的动物，谁也难免会受到悲观情绪的影响。虽然在某些事情上，我们可以表现出积极乐观的心态，但如果要想在对待任何事情上都能做到这样，则不是一件容易的事。就像拿破仑·希尔指出的那样："积极的心态需要反复的学习与实践。"

乐观心态的培养是一个逐步积累的过程，需要长期不懈的学习，它就像一种技艺，经过不断练习，才能达到熟练的程度。

要想培养乐观的心态，首先，当遇到问题时我们应朝好的方向想。有时，人们变得焦躁不安是由于碰到自己无法控制的局面。此时，你应直面现实，然后设法创造条件，使之向着有利的方向转化。此外，还可以把思路转向别的什么事上，诸如回忆一段令人开心的往事。

其次，我们应懂得珍惜自己拥有的。每一个人的一生中，都有着许多烦恼与不如意。但是，只要你珍惜时间，珍惜周围的种种事物，挫折和不顺终会过去。记住，乐观是希望的灯塔，它能指引你从危险步向坦途，使你得到新的生命、新的希望，支持着你的理想永不破灭。

再次，遇到不顺心的事情时，我们要学会倾诉。倾诉是一种感情排遣，一种自我心理调节。郁积在心头的苦闷和烦恼，尤其是内心深处超负荷的重压,久而久之将损害自己的身心健康。及时寻找自己的好朋友、可靠的同事或者心理医生倾诉,则可以排淤化结,使受挫的心灵得以平抚,感情的伤口得到愈合。及时获得别人的理解和疏导,能扫清心灵上的阴霾,重获心理上的平静和人生的支点。

最后,我们还要懂得遗忘。过去的就让它过去,不要纠结在过去的失败中无法自拔,要向前看。沉湎于旧日的失意是脆弱的,迷失在痛苦的记忆里更是可悲的。遗忘不是简单地忘记过去。遗忘是一种振作,是一种成熟,是一种超脱。因此,人人都应主动地忘记生活曾经给自己造成的不幸和痛苦,清除心灵上的暗流,轻松地面对再次考验,充分地享受生活所赋予的各种乐趣,让整个心灵沉浸在一种悠闲无虑的宁静里。

乐观的心态是个人性格、经历与努力等因素共同作用的结果。作为一个自我意识很强的人,我们既然能够意识到自己的不足,就应该努力改变,通过坚持不懈的努力来达到。

人生处处是美丽的风景,关键看拥有一个什么样的心态。守住乐观的心境,我们才能正确面对人生道路上的挫折。

在紧要关口快走两步

摘编 / 王伟传

> 人生的道路是漫长的，但紧要处往往只有几步，特别是当人年轻的时候。没有一个人的生活道路是笔直的，没有岔道的。有些岔道口，你走错一步，可以影响人生的一个时期，也可以影响人的一生。
>
> ——柳青

人在年轻时候所作所为，所采取的对待人生的态度，对一个人一生的影响非常大。我们在读书时候，听得次数最多的话就是"少壮不努力，老大徒伤悲"。可真正能深刻地理解这句话含义的人，能有几个呢？当我们确切的知道这句话所代表的意义，以及这句话重要的时候，剩下的只有后悔了。

其实，智者并不在于他有多么聪明，他只是知道哪些话是必须听的，是不可以打折扣的。智者之所以成为智者，是因为他们善于站在前人的肩膀上，去走自己的路。他自然的就会少走弯路，就容易取得常人不能取得的成就。

做事也好，做人也罢，大道理都是相通的，因为事情都是人做出来的。首先要找对方向，在机会到来之前，不要轻言放弃。人生的道路虽然漫长，但紧要处常常只有几步，每个人都要慎重选择。

至今还记得路遥的成名作《人生》：讲述了主人公高加林高考落榜

后回到乡里当民办教师。然而,"暴风雨"突然袭来,高加林的职位被村里"一把手"的儿子三星顶替了,他必须回家当农民,高加林失去了生活的希望。

在高加林心灰意冷的时候,农村姑娘巧珍炽热的爱情使他振作起来。高加林决定放弃曾经的理想,甘愿当一个农民。可是,正当高加林的生活要回归平静时,他的叔叔回乡当了领导,村干部为了巴结他,走后门给高加林谋了个城里记者的职位。高加林灰色的梦想又鲜活地闪现在眼前!

进城后，高加林抵挡不住中学同学黄亚萍的追求，他最终放弃了与巧珍的爱情。然而，此时组织上查明高加林是通过不正当途径进城的，于是取消公职，打发他回到农村。即将迁居南方城市的黄亚萍与他分手，而遭遇心灵打击的巧珍早已嫁人，高加林失去了一切，孑然一身回到农村，扑倒在家乡的黄土地上，流下了痛苦、悔恨的泪水。

这样的类似人生被无数人复制，在人生的紧要关口，一些年轻人总是找不到方向，选择了错误的道路，后悔终身。在紧要关口快走两步，对每个人来说都很重要。人生最紧要的几步无非是考大学，择工作等，这几步对人的一生具有绝对的战略意义。

先说考大学，考什么大学其实不是最重要的，最重要的是你在大学里是如何学的。大学主要培养的是一种学习的习惯，研究的方法以及科学的思维模式，当然还有为人处世的能力。再好的大学，也不是每个人都能成才，再差的大学也能出优秀的人才。再说择工作，很多年轻人大学毕业时根本不知道什么工作适合自己。所以，在择业之前不妨冷静下来，花点时间听听自己内心的声音，问问自己到底喜欢什么，将来要成为什么样的人，自己这一生将会有怎样的使命和愿景是很有必要的，然后好好规划自己的人生。

在人生的紧要关口快走两步，做出正确的选择，你就会少走很多弯路。

学会承受失败

摘编 / 宋志成

20世纪最伟大的物理学家爱因斯坦,从小就喜欢动手动脑。他才四五岁的时候,由于迷上了爸爸送给他的罗盘,以致整天精神恍惚,沉默不语,父母亲还误以为他生病了。

爱因斯坦上小学后,对劳作课特别感兴趣。有一次,教劳作的老师让同学们制作各自最喜爱的物品。孩子们一个个都使出了全身的本领:有的用泥巴捏成漂亮的公鸡,有的用破布裹成活泼的小狗,还有的用色蜡做成鲜艳的瓜果……

下课铃响了,爱因斯坦把自己做的作品送到讲台前。老师低头一看,差点儿笑出声来。原来爱因斯坦交上的是一只粗糙简陋的小板凳。老师摇了摇头,用挖苦的口吻说:"我想,世界上再没有比这更坏的凳子了!"同学们哄笑起来。

"有的!有比这更坏的!"爱因斯坦一边斩钉截铁地回答,一边转身返回课桌,动作麻利地拿出两只更难看的小板凳,"这两个就更差些。这是我第一次和第二次制作的,交给您的这个已经是第三只了。虽然它还不能令人满意,但总比前两个要好一些。"

老师拿起三只小板凳,端详着,若有所思。"哎,多么可爱的孩子啊!"他情不自禁地赞叹起来。

一个人要想取得成功,必须具备承受挫折和失败的能力。因为通往成功的路上绝不会一帆风顺。甚至可以说，学会承受失败是每个人一生中都要修的一门重要的功课。

日本著名跨国公司"松下电器"的创始人松下幸之助有句名言："在我的人生字典里，永远没有失败一词，因为每一次失败都是我弥补某种不足的一次机会。"每失败一次，就离成功更近了些。

在美国，有一位穷困潦倒的年轻人，即使当他身上全部的钱加起来都不够买一件像样的西服的时候，他仍全心全意地坚持着自己心中的梦想，他想做演员，想拍电影，当明星。

当时，好莱坞共有500家电影公司，他根据自己认真计划的路线与排列好的名单顺序，带着为自己量身订做的剧本前去一一拜访。但第一遍下来，这500家电影公司没有一家愿意聘用他。面对百分之百的拒绝，这位年轻人并没有灰心，从最后一家被拒绝的电影公司出来之后，他又重新从第一家开始，继续他的第二轮拜访与自我推荐。

在第二轮的拜访中，拒绝他的仍是500家。

第三轮的拜访结果仍与第二轮相同。这位年轻人咬牙开始他的第四轮拜访，当拜访完第349家后，第350家电影公司的老板破天荒地答应愿意让他留下剧本先看一看。

几天后，年轻人获得通知，请他前去详细商谈。就在这次商谈中，这家公司决定投资开拍这部电影，并请这位年轻人担任自己所写剧本中的男主角。这部电影名叫《洛奇》。

这位年轻人的名字叫史泰龙。现在翻开电影史，这部叫《洛奇》的电影与这个日后红遍全世界的巨星皆榜上有名。

史泰龙在先后共计1849次碰壁面前，没有打退堂鼓，而继续坚持不懈，终于在第1850次获得成功。他的事例证明失败者与成功者的区别不是在于他们失败的次数多寡，而在于他们失败后有什么不同的态度和作为。

众所周知，没有人喜欢失败，也没有人愿意失败。因为，失败大多是一些令人痛苦的经验，甚至是让你的人生受到重创的体验。然而，不论是谁，都不可能一生只经历成功，而从不经历失败。不管你有多伟大，多么不同凡响，只要你是一个人，只要你是一步一步地走着你的人生之路，那么你就或多或少地经历过失败，只不过是轻重程度不同而已。

爱迪生发明电灯，试验失败了上万次，终于找到了用钨来做灯丝。别人问他，失败的那么多次，没想过放弃吗？他说："我才不会沮丧，因为每一次错误的尝试都会把我往前更推进一步。每一次失败只能说明了那种材料不适合做灯丝。让我寻找另外的材料。"当还不知道什么是正确时，至少能从失败中学习到什么是错误的。

所有渴望成功的人，都必须随时做好迎接失败的准备。不付出代价的成功是不可能存在的，你要想有所结果就必须付出勇气，这种勇气，就是如何坦然面对失败的勇气。你要知道，失败对于一个人来说，是一种非常重要的财富，你如何珍惜这种失败的财富，将成为你决定自己未来的先决条件。

所以说，不愿意面对失败与不愿意承认失败同样不可取，人生最大的失败，就是永不失败和永不敢败。如果你能够把失败当成人生必修的功课之一，那么你就会发现，几乎所有的失败的经历，都会给你带来一些意想不到的益处。

路易斯·巴斯德是公认的19世纪最伟大的生物学家。事实上，如果有人想列出一张对人类作出巨大贡献的名人清单的话，路易斯·巴斯德也毫无疑问会名居前列。

路易斯·巴斯德是微生物学的鼻祖，他的成就极大地拓展了医学领域，如立体化学、细菌学、病毒学、免疫学、分子生物学等等。他关于大多数传染性疾病均由于细菌感染的发现，即著名的"疾病的细菌源理论"，是人类医学史上最重要的发现之一。他对桑蚕疾病的研究成果，拯救了整个丝绸行业。此外，他还开发出了炭疽热、霍乱、狂犬病等多种传染病疫苗。巴斯德的成就不仅止于此，他最为著名的成就是他提出的关于加热食品以防止食物腐坏变质、避免人体因细菌中毒的理论。该方法，也就是"巴氏杀菌法"，至今仍被广泛使用着。

对人类作出如此大贡献的他，曾多次遭受致命疾病的打击，身体极度虚弱，甚至整个身体的左侧全部麻痹。尽管在身体上遭受了如此的重创，在个人生活上也历尽磨难，但是，巴斯德始终在坚持，始终在继续着自己的工作。就像巴斯德自己所说的那样："让我来告诉你我实现目标的秘诀吧，我的长处仅仅是不屈不挠而已。"

从巴斯德身上我们可以看到，良好的承受挫折的能力，及受到挫折后的恢复能力和百折不挠、不向挫折屈服的精神，是成功人士不可缺少的素质。

居里夫人是全世界女性的骄傲。她那种在挫折和困难面前不屈不挠的精神也非常令人钦佩。她曾经说过："我从来不曾有过幸运，将来也永远不指望幸运，我的最高原则是：不论对任何困难都决不屈服！"

困难和挫折，对于成长中的每个人来说，都是一所最好的大学。无论什么人，只要他没有尝过饥与渴的滋味，他就永远也享受不到食物和水的甜美，永远也不会真正懂得生活到底是什么滋味；一个人，如果没有经历过困难和挫折，就品味不到成功的喜悦，没有经历过苦难，就永远感受不到什么叫幸福！

我们只有学会在艰苦的环境中磨砺坚强的意志，学会在黑暗中看到光明的自信和技能。才能在困难和挫折来临时泰然处之，保持乐观，并最终走向成功！

活着的最高境界

摘编/高丽

其实和你一样——他出身卑微,却身怀远大理想。多年前,他在1983年版的《射雕英雄传》中扮演那个宋兵乙,为增添一点点戏份,他请求导演安排"梅超风"用两掌打死他,结果被告之"只能被一掌打死"。这个年轻时被称作"死跑龙套的"卑微小人物,第一次当着导演的面谈演技时,在场的人无一例外都哄堂大笑。但他依然不断思索、不断向导演"进谏",直至2002年自己当上导演。那年,他获得了金像奖"最佳导演奖"。他就是香港著名影星、导演、编剧周星驰!

其实和你一样——上世纪90年代,在一趟开往西部的火车上,梳着分头、戴着近视眼镜的他看上去朝气蓬勃,内心却带有微微的彷徨。那时的他严肃乏味,常常独坐好几个小时不说话。后来转行做主持人,1998年他第一次主持的电视节目播出时,他发现自己说的话几乎全被导演剪掉了。他让身为制片人的妻子准备了一个笔记本,把自己在主持中存在的问题一一记录下来,哪怕是最细微的毛病都不肯放过,然后逐条探讨、改正。即使今天身价已过4亿,成为中国最具影响力的主持人,他仍未放弃面"本"思过。他就原中央电视台著名节目主持人李咏!

其实和你一样——10年前,他是大学里的"小混混",由于经常逃课而被老师责备。毕业后被分到当地的电信局当小职员,面对冗杂的机关工作,他感到既劳累又苦恼,后来他勇敢而果断地辞了职,然后自创网站，从而走向中国互联网浪潮的浪尖，在2003年福布斯中国富豪榜中居第一位。他就是网易公司创始人兼CEO丁磊！

其实和你一样——5年前的他是一个防盗系统安装工程师，依他的说法，"就是跟水电工差不多的工作"，"有时候装监视系统要先挖洞，一旦想到歌词就赶快写一下！"当年的他就是这么边干活边写词，半年积累了两百多首歌词，他选出一百多首装订成册，寄了100份到各大唱片公司。"我当时估计，除掉柜台小妹、制作助理、宣传人员的莫名其妙、减半再减半地选择性传递，只有12.5份会被制作人看到吧，最后被联络的概率只有1%。"其实那1%就是100%！1997年7月7日凌晨，他正准备去做安装防盗工作，有人打电话给他，那个人叫吴宗宪，同时走运的还有另一个无名小卒——周杰伦。从他和周杰伦合作的歌从没人要，到要曲不要词，慢慢地曲词都要，之后单独邀词，但还会有三四个作者一起写，直到最后指定要他的词。他是华语乐坛金牌作词人、导演方文山！

他们在成名前和你并无多大不同。不要抱怨贫富不均，生不逢时，社会不公，机会不等，伯乐难求。要知道，其实每个人都平等地享有出人头地的机会。明天，或者明年，同样会诞生像他们一样成功的人，就看是不是今天的你。

发现自己

摘编 / 阮洁羽

都快 8 岁了,他 10 以内的加减法还是算得一塌糊涂。父亲把正在墙根下玩打石头的他拽起来,给了他一个书包说,上学去吧。

那年秋天,他蘸着黑墨水,在自己家的围墙上画了一个四角的亭子,几棵高树,还有一些波光粼粼的水。邻居说,这孩子画得不赖,将来当个画匠吧。他以为,他将来能当走村串户的画匠了,就有意无意地留心看画匠干活儿。那年,有一个人给他大舅家画墙围子,也画了一处水,还题了"桂林山水贾天下"几个字,他明知道那个"贾"字错了,但没敢讲出来。

就在他还不能确定是否能当画匠的时候,父母又发现了他的另一个"长处"。有一次他和隔壁的男孩儿,剪下许多猫猫狗狗的纸样,拿着手电钻进鸡窝里"放电影"。在浪费了好几节电池之后,父亲去公社找放映队的人,看能不能给他找下一个营生,哪怕打打杂、抱抱片子什么的都可以。后来公社倒是给了他们村一个名额,不过,不是给了他,而是给了村支书的儿子。

眼看当画匠无望,又当不成放电影的,父母盘算着该让他回家种地了,并预谋着要为他订下邻村的一个女孩儿。就在这时候,他竟然稀里糊涂地考上了县里的高中。父亲一下子发了愁——上吧,不但会误了田地的活儿,而且还会错过邻村的女孩儿,更要紧的是,村里边从来没有谁考上过大学，于是父亲坚信，自己家的祖坟也不会有这根草。父亲说，别上了。母亲见他支支吾吾的，说，上吧，走一步算一步。后来他考上了一所三流的专科学校。那时，学校办着一份自己的报刊，一个月要出一两期的，他常常见有同学的文章在上面发表。他想，在毕业之前，自己要完成一个小小的愿望，那就是一定要在校报上发表一篇文章，把自己的名字变成铅字。他开始疯狂地写东西，写完后，就拿去让教写作的老师看，有得到赞许的，就投给校报编辑部。到后来，老师也不愿给看了，他就埋下头来自己琢磨。他为此看了许多的书，也浏览了不少报刊。然而，投给校报的稿件都如泥牛入海。

他不想把这些凝聚着自己心血的文稿扔了，抱着试试看的想法，他向本市的日报社投去几篇，结果意想不到的事情发生了，他的文字竟然出现在了日报上。再后来，他的名字相继出现在了省内外的报刊上。从此以后，他在文学创作方面更加勤奋了，因为他发现，他还有着一项自己都意想不到的才能。

这个人就是贾平凹。贾平凹在一次笔会上讲出了上面的经历。讲完后，他颇有感慨地说，这个世界上更多的人，是被别人安排着过完一生，被安排着学哪门技术，被安排着进哪个学校，被安排着在哪个单位上班……却从来没有真正为自己安排一件事情去做。人在这时候，最需要有一只凳子，你站上去，才会发现，你还有着许多没有挖掘出来的才能和智慧。而这只凳子，就是突然闯进你心中的一个想法，一个念头。

最后，他笑着说，没有这个凳子，你永远看不到梦想，更别说拥有它。

要找到这个凳子，关键在于要发现自己。古诗云："梅须逊雪三分白，雪却输梅一段香。"梅花与雪花相比，在颜色上至少要差三分白，但雪花比起梅花来，却也输上一大段的芳香。因此，梅花与雪花各有自己的特质：梅花色白，梅花芳香。这诗句给我们的启发就是要发现自己的优势！因为只有发现自己的优势，才能找准自己的位置，才能扬长避短。

世界著名科学家爱因斯坦曾收到以色列当局的一封信，信中恳请他去就任以色列总统。爱因斯坦是犹太人，如果他能当上犹太国家的总统，这在大多数人看来，的确是件大好事。然而，出乎所有人的意料，爱因斯坦竟然拒绝了。他说："我的一生都是在同客观物质打交道，既缺乏天生的才智，也缺乏经验来处理行政事务以及公正地对待别人。因此，本人不适合如此高官重任。"

老子曾说："知人者智，自知者明。"意思是说真正聪明智慧的人，应该能够正确认识别人和自己。爱因斯坦能在人人觊觎的国家总统地位面前丝毫不为所动，原因就在于他知道自己适合做什么事情，不适合做什么事情。

知道自己适合做什么，不适合做什么，才能使自己充满自信地勇往直前，不致于让自己的人生的航船迷失方向！

友 谊

文 / 徐毅

太阳累了

月亮来帮忙

互帮互助

互笑互闹

跟朋友打个招呼

太阳变得懒洋洋

借给朋友一支铅笔

月亮画了星星

从此不寂寞

黑黑的夜

点燃蜡烛

点燃友谊

如七彩的彩虹

灿烂的心

深厚的友谊

刻在心中

变成小小的太阳

带给你

永恒的温暖

时 光

文 / 徐毅

日月星辰落下
一时、一天
一天、一年
慢悠悠划过
只留下跳动的秒针
时而轻柔
时而凶狠
刚刚的绿树
立马消失无影
改变心中的颜色
创造新的奇迹
乌云之后
时光又掉落了
跟随它的尾巴
生活才会
五颜六色

丢失的时光

文 / 徐毅

一分、一秒
成就辉煌
半年、一年
丢失梦想
蓝天
映照昨天的欢笑
星星
带来幽静的月亮

风卷走了黄昏
带走曾经升起的太阳
低沉的昨天
将拔地而起崭新的命运
修复成残缺的瓦片
却又遮蔽了
丢失的时光

一片白云之后
也许闪电肆虐
乌蒙蒙的雨停下脚步
也许彩虹灿烂
丢失的时光
告别昨天那扇窗
打开
明天的门

星星灯

文 / 徐毅

晚上
天上黑黑的
什么也看不清
风把星星灯吹上去
给黑夜安上一双
明亮亮的大眼睛

夜之子

文 / 徐毅

追逐白天的尾巴
点缀黑色的夜晚
是白天被遮住的另一道亮光
是夜晚闪耀的星星
有人讨厌黑夜
可你喜欢这种宁静
夜之子
不喜欢喧哗的白天
只愿
睡在宁静的月亮里

趴在太阳上的光

文 / 徐毅

白溜溜
洒在草丛上
送来金灿灿的宝石
它穿透哭泣的云雨
留下弯弯的彩虹笑脸
帮助人们
织起长长的互联网

它趴在太阳上
对绿葱葱的地球眨眼睛

小朋友
别哭了
让光朋友
给你一个彩虹棒棒糖

剪下一缕清冷的月光

文/党晨阳

秋风舞动着金黄色的剪刀在人间采撷秋意。从她的指梢，我仿佛听到枯叶绵绵不绝的抽泣和大树低沉的叹息；嗅到沉甸甸的麦穗散发出阳光的清香和老农洒落的汗水；触到神话里广寒宫凄清的琼楼玉宇和那棵无休止生长着的桂树；望见了天穹上的一轮满月和人间万户团圆的笑颜。

剪下一缕清冷的月光入卷，恰如苏东坡不复再来的静好岁月，"明月夜，短松冈"；更如长安市上的李太白，"酒入豪肠，酿作月光"；亦如张若虚跨越千年的墨香，"春江潮水连海平，海上明月共潮生"。

月是故乡明。短短五个字，便足以显示出从古至今中国人对月亮与故乡的依恋。无论是腰缠万贯的官宦人家还是箪瓢屡空的穷苦百姓，无论是儿孙满堂的老人还是羁旅漂泊的游子，无论你正在做什么，或是在世界上的某个角落……月光对所有人都是公平的，她不会因你或富或贫、或老或幼便吝啬她的一份光亮。相反的，她将自己全部的清辉洒向每个人，让你无论身处何地都能接收到圆圆满满、平平安安的祝福，这或许就是古老传说中起舞弄清影的嫦娥仙女出现的缘由吧。

许是刚刚下过一场秋雨的原因，西安今年中秋之夜的月光比往年都格外皎洁和清冷，马路上开过寥寥几辆出租汽车，玻璃窗内藏着一个个疲惫的脸庞，漫无目的地穿过大街小巷，搜寻着神色匆匆立在道沿边的路人。我来到一片宽阔的空地，"江清月近人"，眼前虽未见水如明镜的大江，但月亮似乎真如诗中所说离我更近了。默然良久，又想起了那个眼眸如一江秋月般明澈的老人。

时常听人说起，只要在月光下奔跑，去世的亲人就可以看得见。我忘乎一切地向前奔跑，任由微风拉着衣角，深黑色的苍穹静默着，唯有清冷的月光洒向大地。月光落在我的头发上，竟变得轻柔而温暖，我好似梦一般地感受到了那久违而又难以忘怀的——姥姥的爱抚。

（原载《西安晚报》2014年1月2日荷尖副刊）

盛开在花季的爱

文 / 许俊伟

"那片笑声让我想起我的那些花儿，在我生命的每个角落静静为我开着……"美妙的歌声，从同学嘴角轻声飘出，欣然陶醉。但世界上有一种最美丽的声音，那便是母亲的呼唤。

又到了馨花烂漫的季节，校园里的那一片合欢树，盛开在绚烂缤纷的花季。那片绿叶白绒中夹带着粉红的色彩，装点了校园，也装饰了我们的视野。

嗅着合欢花的清香，翻开书，翻到《合欢树》一文，花开的时节读花一般的文章。

清风微抚，合欢花飘落枝头，迎风飞舞。悠悠然飘向教学楼，飘进教室，在教室里起舞。先在我们脸上抚慰几下，然后轻轻的、柔柔的，散落在书本上，散落在扉页的标题旁。

往下读，我不禁失去了赏花时的兴致，开始陷入在史铁生的深情至感中。史铁生的人生本就活在不幸的遭遇中，而他的母亲，可以说，活得比他更惨。幸而"上帝看她受不住了，就召她回去"了。字里行间饱含着满是对母亲去世的悲伤之情，又深深渗透着儿子对母爱热烈真挚的称颂。

初读此文，总感觉史老先生的记叙，与标题相距甚远。他从儿时及年轻时与母亲的冲突写起，写到后来得奖时母亲已故，还提及了自己在大杂院的经历。"合欢树",似乎是配角中的配角了,而母亲,无疑是主角。史铁生笔下的母亲是一个爱美爱子爱生活的妇女,穿自己做的蓝底白花裙子,为儿子的病劳累奔波,又积极鼓励支持儿子的创作事业。栽种合欢树,是生活的寄托。悉心呵护、照顾,是对生命的态度和生活情趣。虽然身处困境,但心存美好、光明和希望。

细细研读之下,不难看出,史老先生心系"合欢",情系母亲,那株合欢树是母亲在为儿子多方奔走、承受着痛苦时种下并艰难地成活下来的。母亲去世后,它无疑成为了先生对母亲回忆的寄托物和思念的凭借物。在那合欢树已高与房齐的日子里,母亲已离世七年,所谓"触物伤怀",又如何能直面那株寄托了哀伤与思念的合欢树呢?

合上书,起身伫立窗前,目光凝视手中这朵绒绒的合欢花。轻轻放出,看它随风飘去,将思绪带向远方。

母亲这时候或许还在田间地头劳作吧。我的母亲是位典型的农村妇女,年轻时也是那样的美丽大方。然而,多年的辛勤劳作,母亲早已苍老了许多,粗糙的皮肤不再白皙,黝黑的手指不再纤细,皱纹在操心中悄悄长出,白发在劳累中慢慢催生。热爱生活的母亲呵,为之,她付出了太多太多……

侍弄花草是父亲的习惯,而母亲则细心照顾着她的那片小菜园。南瓜、番茄、豇豆、辣椒等各种作物应有尽有,母亲的小菜园为家里餐桌提供了丰富的蔬菜。平日里的母亲,不像史老先生的母亲那般总是默默注视着儿子,而总是絮絮叨叨。但我并不抱怨母亲对我的苦口婆心,因为我知道这絮叨中蕴藏着母亲无尽的爱与关怀。

最难忘的是母亲在细雨中送我上学。那是一个住校生正常返校的星期天的傍晚,天灰蒙蒙的,母亲用她的小电瓶车载着我奔向校园。空中下着牛毛细雨,母亲没有穿雨衣.我看到母亲黑中夹带着银丝的头发上挂着一粒粒微小的雨珠,这些闪烁着莹光的小雨珠,就像闪烁着的母亲的爱。到了校门口，我走进校园后回首相望，见母亲还站在校门口注视着我离去的背景。细雨天空下，是母爱在回荡。

望着那些晃动的树影儿，我不知道这些合欢树是谁种的，是怎么种的。但这些生命的花儿，随风飘动，每一朵都承载着人间的爱，弥漫校园！

在这合欢花开的时节，母亲的那片小菜园里的作物也都该开花了吧！

告别不敬

文 / 高子淇

> 对人不尊敬，首先就是对自己的不尊敬。我们要尊重每一个生命，不论他（它）是何等的卑微，因为每个生命都是和你我一样的性灵！
>
> ——题记

黄昏时刻，天渐渐暗了下来。下课后，我拖着疲惫的身子走出教室，数学补习课压得我喘不过气来，现在终于可以缓一缓了。

一抬头，我看见妈妈正提着饭盒笑吟吟地站在电梯口，丝毫没有顾忌到周围正往外走的同学，对我说道："宝贝儿，来，妈妈给你带了好多吃的呢！"

同学们笑着用眼角儿瞄着我，有几个男生向我努努嘴儿，说道："宝贝儿，妈给你带好吃的来喽，哈哈哈……"同学们嘲笑的目光如同一支支利箭射在我心里，让我既尴尬又难受。我心中的火苗一蹿而起，冲着妈妈大声嚷道："吵什么吵，有没有素质，我不吃了！"说罢，我立即转身向走廊快步走去，想快点躲开同学们异样的目光。

"谢谢妈妈！"一个稚嫩的声音使我停了下来。我循声望去，看见一个脸上绽放着天使般笑容的小女孩正捂着她妈妈刚为她买回来的"暖手宝"。"宝贝儿，不用谢！"说着小女孩的妈妈张开手臂，把小女孩抱起来，亲了亲她粉润的脸蛋。

看到这温馨的一幕，我心情缓和了许多，但刚才的怒火并没有因此而在心头完全熄灭。

过了一会儿，小女孩的妈妈把小女孩放到地上，打算拉着她走。小女孩把暖手宝递给妈妈说："妈妈，这么冷，您也暖暖手吧。"听了这话，小女孩的妈妈再次把小女孩抱进怀里说："真是妈妈懂事的好宝贝儿！"雪白的墙壁映着这对母女爱的剪影，这剪影也似乎有了粉润的颜色。

看着这幅爱的剪影，我眼眶有些湿润，自责的情绪慢慢涌上心头。我在心里说："妈妈，对不起。因为我太在意别人的目光了，所以刚才才会对您不敬。我知道错了，您原谅我吧，我知道您是世界上最关心我的人！"

上了这么长时间的补习课到现在还没吃一点东西，这时我感到体力有点支撑不住。双腿有点发软，眼睛也有些发黑，好像一不小心就会摔倒似的。我慢慢地走进教室，看到妈妈正坐在我的位置上帮我修改数学讲义。我心里酸酸的，暖暖的，眼睛模糊了。我垂下眼帘，使劲忍着没让眼泪流下来。

妈妈见我进来，再次把饭盒递到我手上，催促道："快吃吧！再不吃就该凉了。"

我接过饭盒，低着头低声对妈妈说："对不起。"妈妈笑了，爱怜地望着我又说了一遍："快吃吧！再不吃就该凉了。"看得出，妈妈并没有因为我刚才对她的不敬而生我的气。我内心的不安也在妈妈爱怜的目光里渐渐平息。

这就是母爱，即便在寒冷的冬天也能感受到它给予的温暖！

母爱的力量让我告别不敬，学会了尊敬师长。从此以后，每当我内心有对师长不敬的想法时，记忆的碎片便会顿时合拢，使我回想起这一幕，不敬的想法便马上就消失在茫茫的宇宙中。

我最敬佩的一个人

文 / 匡汇森

我最敬佩的人是谁呢？当然是我的爸爸。

爸爸是个发明高手。记得有一次，幼儿园的老师要我们制作点小玩意，我和妈妈想了半天都没想出应该做什么好。正当我们一筹莫展时，爸爸回来了。得知情况后，他说："让我来看看吧。"爸爸用眼睛往房间里一扫，立刻有了主意。只见他拿起了一辆废旧玩具车和一支注射器，还找来一个空花露水瓶的喷口，把花露水瓶的喷口套在注射器的针口上，再在注射器内装满水……不一会儿，世界上独一无二的玩具洒水车就诞生了，我开心地拿起它玩了起来。

第二天，我把这辆玩具洒水车带到幼儿园，大家都非常喜欢它，最后还得了奖呢！

爸爸还是一个修理能手。一次，家里的电脑坏了，拿去请电脑师傅修了几个小时都没修好。没办法，我们只有等出差的爸爸回来修了。过了几天，爸爸回来了。问清"病因"后，爸爸麻利地打开主机面板，一下子就看出了问题。只见他从橱子里拿出工具，三下五除二就把电脑修好了。看着爸爸熟练的技术，我想：要是我有这样的技术那该多好啊！

这样一个既会动脑又会动手的爸爸让我心悦诚服。我长大以后也要做一个这样的人。

海

文 / 杨睿泠

世界上有许多熟悉或陌生的人和我们相遇，然后又分开。一些人被我们忘却，一些人却在脑海中留下永久的记忆。那些记忆妆点着生命最璀璨的年华。

如果时间可以倒流，我愿意重新回到那次在海边的美好时光。

那是春节的时候，我和爸爸第一次到三亚旅游。那时爸爸刚做过肿瘤切除手术，取了两块肋骨，不能弯腰，有时连站都站不起来。所以，旅途中所有的事情基本上都是由我来做，这对我来说是一个考验，以前我连自己都照顾不好，现在不但要照顾自己，还要照顾爸爸。

我非常想照顾好爸爸，但又自觉能力不够，所以，每次听到爸爸说我做得不对时，我的心就非常痛，泪水就会掉下来。

爸爸答应过我，和我一起到海边走走，到海里玩个尽兴。和爸爸一起走在软软的海滩上，看看平静的海面，再看看身边微笑的爸爸，我开心极了。

下到海里，我和爸爸嬉闹起来，爸爸洪亮的笑声传得很远，很远，仿佛没有生病一般。他动人的笑容，让我感觉到他面对一切困难都会一笑而过。

我们在海里玩累了，便坐在沙滩上遥望天边绚烂的云彩，欣赏着夕阳下美丽的火红色的晚霞。这时，海鸥早已飞远，我和爸爸听着此起彼伏的海浪声，脸上洋溢着幸福的表情。

那一刻生动祥和的画面，永远定格在我的脑海中……

想到这里，我的泪水止不住地流了下来，我没有去擦拭，我想让它流，让它永远留下我的记忆里。

元旦，吉祥的开端

文 / 匡天龙

临近元旦的时候，会收到朋友们寄来的贺年卡。无论字形是清秀还是遒劲，无论祝福是新颖还是老套，无论贺卡是温情的还是搞笑的，无一例外地，我都能看到那四个字——"元旦快乐"。

这四个字总是可以给我美好的联想，是一种友善的希望和祝福，我总是会把贺年卡紧紧地抱在胸前，想着朋友们写下祝福时美好的脸庞，此刻，我的心是快乐的，幸福在打开贺卡的这一瞬间扑面而来。

元旦的味道，是温暖的味道，那份温暖足以让我一生珍惜。因为无论处在何种境遇，无论身在何方，有朋友相伴，我的人生路上不会孤单，这份温暖的陪伴，是元旦最美好的温暖的味道。

元旦这一天，全家人都会早早起床，准备阳历新年的午餐——饺子。一家人齐上阵，母亲负责拌馅料，我和姐姐负责擀饺子皮，父亲负责包。我喜欢一家人聚在一起热热闹闹的氛围，大家一边说笑，一边包饺子。看着此生最珍惜的家人带笑的脸庞，就觉得幸福在空气中弥漫，伸手可握，触手可及。

母亲搅拌饺子馅的时候，总要说那句话，"这饺子馅一定要向同一个方向搅拌，才能出味儿。"听到这句话的时候，我总是会有感慨。就像我们的生活，一家人心朝着同一个方向眺望，一家人劲儿往一处使，才能让生活蜜里调油、浓香宜人。

元旦的味道,是幸福的味道,这份醇香绵长的滋味,用心品尝的人才能品出味儿来,这份幸福是尘世间最美好的幸福,是我此生永远不能舍弃的温暖之源。

元旦这一天的夜晚,小外甥会手执礼花棒,像个天使一样在小院里跑来跑去,快乐的笑声洒满每个角落。礼花诗意地绽放,将快乐的味道渲染得更加浓烈。然而,让我更欣喜的是小外甥如花的笑靥,这才是世间最美好的花朵。孩子的元旦,也就在这小小的花炮声中吧,他以这么直接的方式庆祝新年,新年像慈母般温暖地抚触着他的脸庞。

元旦的味道,是快乐的味道,礼花肆意地绽开,用缤纷旖旎的霓裳羽衣,点缀夜空,而小外甥的笑脸也如花般绽放,用最纯净的笑声,装扮新年。

新年一路奔跑而来,想要给人们一个最快乐的开端。我想,元旦的味道是丰富多彩的吧,有快乐的,有幸福的,有温暖的,有贴心的,关键的是,我们要在这个吉祥的开端,走出坚实的步伐,然后才能在下一个元旦到来之时,微笑怡然地品尝更加美妙的味道。

这个中秋节我依然快乐

文 / 薛缘

一年一度的中秋节又到了。每到这时，无论是火车站、汽车站，还是飞机场，都熙熙攘攘，人头攒动。在外漂泊的游子，北漂南荡的"拼客"，此时此刻都归心似箭，恨不能生出双翅飞回家与家人团聚。

而这一天，我却无精打采、昏昏沉沉地躺在床上，发着高烧，头痛得像一个熟透的西瓜快要炸开了似的，急得妈妈眉头紧锁、唉声叹气。她捶胸顿足，自责没有把我照顾好。其实，我生病已经有两三天了，妈妈为我操心忙这忙那，夜里睡不好觉，白天也得不到休息，家里也有很多事情都需要她来做，我看见这几天她已经累得疲惫不堪了。在平时，每当听到妈妈说腰酸背痛时，我就会毫不犹豫地帮她捶捶背，捏捏肩，可是，今天看着妈妈疲惫的样子，我却力不从心。

到了中午，妈妈看我还在发烧，就削了一个梨给我吃。我迫不及待地咬上一口，哇，好爽口！随后我给妈妈也咬上一口，突然，妈妈似乎想到了什么，顿时怒目圆睁，气呼呼地对我说："梨是代表分梨（分离）的意思，今天是团圆的日子，难道你要和我分梨（分离）吗？"说着，她健步如飞冲进房间拿来一块月饼，让我和她一起吃："月饼代表着团团圆圆，这样我们就又可以团圆啦！"妈妈笑眯眯而又俏皮地说。哦，原来"分梨"还有这样一种说法啊！

晚上，吃过退烧药的我精神还不错，和家人围坐在桌边。我看见桌子上的饭菜不是很丰盛，知道这都是因为我生病，妈妈没时间没精力去做，还是爸爸提前下班回来，匆匆忙忙做的饭菜。可当我抬起头时，发现爸爸、妈妈以及爷爷、奶奶，他们的脸上都洋溢着灿烂的笑容。我忽然明白了，饭菜是否丰盛并不重要，重要的是一家人能够团团圆圆，开开心心地在一起过节。

这个中秋节我依然很快乐！

心 事

文 / 汪文钰

谁都有心事,我也不例外,今天,我就给大家讲讲我的心事,这件事还要从去年的春节说起。

那是一个明媚的艳阳天,阳光暖暖地融化着大街小巷上的冰雪,我踏在冰雪上感到了几丝暖意:我的妹妹要来我们家过春节了!我哼着小调,踢着碎冰块儿,准备去迎接客人——我的妹妹了。

我和妹妹一向和睦,很玩得起来,我们俩既是姐妹又是知音。

我蹦蹦跳跳地踢着地上的碎冰块,不久便看见了一抹淡红色的身影,妹妹来了!我想给妹妹开个玩笑,便踢起地上的一块碎冰,谁知那碎冰正不偏不倚的击中了妹妹!她脚下一滑连同她送我的礼物一起摔在雪地上,那红红的羽绒衣在雪地里十分的显眼。刹那,我的惊叫声、妹妹的哭声和接着来到的姑姑吃惊的声音混合在一起。我意识到自己闯祸了,连忙扶起妹妹,只见她的鼻子摔得青紫!我连忙上楼喊来妈妈。这件事在大人们手忙脚乱中结束了。

可是,妹妹,她会原谅我吗?

事情仿佛就在那样一点儿一点儿的凝固,太阳躲起来了。我不由打了个寒颤,猛地想起来什么,飞快地跑到楼上,因为我还没有说对不起呢。床上的妹妹看到我,笑了:"姐姐不用再解释了,明年的春节就是最好的时候吗?"我猛地一愣,她这是想一年之后再和好呀。我苦笑了一声,跑了出去。

今年还没有下雪呢,我坐在人工湖的小桥上静静地想着,耳边的风轻轻地吹过,今年的春节又是怎样的一场故事呢?心事!心事它让我牵挂了一年,牵挂了365天,牵挂了六千多个小时,这让我真的是熬不下去了。春节已经迈着欢快的脚步来临了,我也仿佛看见,在烟花灿烂的夜晚中的那两个女孩在握手拥抱。我甜甜地一笑。是啊,新年来了,这桩心事是不是也该了结了呢?我看着人工湖上已冻的冰,也已经有了融化的迹象,那件事儿在新年,仿佛也在融化,我看到,那新年,那快乐,那姐妹情,那爱已经伴随着耳畔的雪花,伴随着那新年的钟声悄然来到。

唉,我的心事哟。

仰望天空的鲸

文 / 姚禹同

一片海，一头鲸。

鲸很孤独，尽管身边还有很多的同类，可是它都视而不见。

原本属于深海的鲸，偶尔看见了天，此后，便一直深陷于仰望。

鲸爱上了天，荒谬，但很真实。鲸心里非常清楚。

起初，鲸只是默默地看着，独自欢喜。因为它觉得：如能仰望，便已足够。

天空很远，亦很近。

明净深邃的天空，仿如海的影子。

鲸喜欢天与海融化在一起的感觉；喜欢被阳光笼罩着的温暖；更喜欢天在阴晴雪雨中那捉摸不定的变幻。在对天空一次深情地仰望之后，便不可抑制地爱上了眸中的一切。

然而，天却没注意到鲸对自己情感的变化，还是依然如常将鲸笼罩在阳光里。

抬头，就能看见天暖暖的微笑。这，令鲸更为迷恋，备感幸福。

鲸一直以为，那阳光，那笑容只属于自己。因为它仅仅看到自己头顶上的那方天空，而忽略了万物皆被阳光普照的真相。

天空喜欢和云嬉戏。有一天，鲸发现，被天痴狂喜欢着的，是云。

鲸心里一阵霹雳，感觉到了眩晕。冥冥中，它决定必须要让自己为天做点什么，只做就好。剩下的，就让天自己抉择。如果天依然选择云，那么自己就不声不响地默默退出好了。

可鲸预想错了，它高估了自己的控制力。

事情如鲸料想的那样，天选择了云。但鲸没有料到，想删除曾经的记忆，会痛得如此地噬心蚀骨。这似乎比爱需要更大勇气和付出。

鲸无法面对，无法改变，更无法退出。

于是，当云飘过头顶的时候，鲸便不再仰望天空，而是将身体潜入深深的海底。它不敢看云徜徉在天空怀抱时的欢笑，更不敢看天空有了云之后的幸福模样。

慢慢地，天似乎感觉到了鲸的心思。只是，天的眼里已全是云的身影，再也容不下鲸凝望的目光。

于是，对于鲸的每次仰望，天都有意无意地回避着对方的视线。而这对于鲸而言，无疑是极度的残忍：从那时起，在属于鲸的那片海上，天再也没有出现过微笑的阳光。即便打了照面，天的表情，也完全是一副拒人于千里之外的冷漠。

天清楚，自己的性格并非如此。它世界中的每一个角落都本该洒满阳光。天这样做的目的，无非是给鲸看，让它知难而退罢了。让鲸受伤，天并不愿意。

鲸的心碎了，像散了一地的花瓣。可是为了取悦于天，鲸每天都会浮出水面，变换着喷出一个高而华丽的水柱。那是鲸用尽全力才做到的。每喷一次，它的心就会痛一次。

鲸不在意是否能吸引到天关注的目光，它只是感觉这样的付出，能让自己获得一丝无悔的满足，尽管这一刻是如此的短暂。

那水柱，无论喷得多高、样子有多华丽，也终将回落，在它的周围跌成细碎的泪。

终于有一天，当鲸心痛得再也无法喷出水柱时，它歉疚而无助地抬起了头。此刻，鲸发现天正表情冷漠，定定地看着自己，嘴角勾不起一丝温暖的弧度。

蓦地，鲸明白了，自己竭尽全力，以心痛为代价喷出的水柱，在天的眼里，根本无足轻重，如同空气中漂浮着的一粒尘埃。

天没有丝毫改变的迹象。鲸彻底绝望了。它不明白，为何自己这颗充满希望的心，在仰望过后，总会变得支离破碎？为何天对自己的一片真心是如此地不屑一顾？鲸的心再一次痛了，痛得从未有过的清晰。

既然天拒绝了自己，恨，也许是离开天一个不错的选择。

"我恨天。"鲸无力地叫嚷。这完全是句口是心非的话，天和鲸在心里都再清楚不过。

鲸自始至终都不知道自己是否流了泪。它早已习惯了眼边都是咸咸的海水。只是这次，那液体似乎有了些温度。

鲸可以无视身边同类的嘲笑，却无法忍受天无语的冷漠。

于是鲸潜入了最深的海底，去了离天最远的地方。它想忘记天，干净、彻底。

海水很凉，鲸的心更凉。只是，在如夜的黑暗中，它还是会不知不觉地寻找那抹天光。哪怕只是一丝微亮，也足以让心安定。然后，依依不舍地收回目光，躲在谁也找不到的角落，默默地笑自己的傻。

无数次这样笑着笑着，鲸慢慢地发现：放手是一个人就可以完成的事情，不需要对谁说再见。离开，也不需要借口。

鲸的心随即轻松了许多，面对天，它再也不需要情感的抱怨。而天，也不需要再继续伪装。

后来，鲸发现云并不痴情于天，有空就会作雨而落，化雪而飘。可天却能将它轻易地捕获，再次拥入怀中。

——而鲸，终于鼓起勇气，抬头看云，然后，浅浅一笑："那，希望它们幸福吧。"

鲸懂，自己只是把对天的情感上了锁。不是不再爱，而是不再想。

再一次深深地凝望。鲸绝然地甩尾、转身，游向幽暗的深海，回到那原本属于它的地方。

从此，不再仰望。

（原载《新作文》2013年第11期）

神灯正传

文 / 薄睿宁

看完离奇的不能再离奇的"阿拉丁神灯"后,王小蒙就激动的心里如同猫抓一般。他嘿嘿一笑,陷入了幻想当中:"如果我也有一盏神灯,那就太太太太太太好了!"他以迅雷不及掩耳之势,冲到书桌上的那个由超级抠门的老爸从废旧市场上淘来的破台灯旁边,欣喜若狂地抓住它:"说,你是不是阿拉丁神灯?!"

话音未落,王小蒙书桌上的那个由超级抠门的老爸从废旧市场上淘来的破台灯,就吱吱扭扭地开了口:"哈欠!你,你怎么能这么对待我!我不是阿拉丁神灯……"

"嗨,那你说什么说啊!"王小蒙把破台灯重重地往书桌上一砸。

"我不是阿拉丁神灯,但我是阿拉甲神灯,阿拉丁神灯是我的弟弟。"阿拉甲神灯慢悠悠地说道,"当然,阿拉丁神灯能做的嘛,我也能,谁让我是它的哥哥呢!"

王小蒙哈哈大笑起来:"我,我先要变成超人!"

阿拉甲神灯呵呵一笑,冲着王小蒙念了一段稀奇古怪的咒语,王小蒙身边涌起一团灰不拉叽的雾,那雾许久才散去。只见王小蒙身穿紧身蓝衣,披着一个红色的披风,脚蹬一双登山鞋,手上戴着两个大手套,华丽丽地降落在地板上:"当当当当,我乃行侠仗义的超人是也!"

眼看王小蒙就要从窗口飞出去,阿拉甲神灯又急忙叫唤起来:"哎哎哎，使不得！使不得啊！你虽然有了超人的外表，但没有超人的能力和性格，你要摔死的！"

"你不早说！"王小蒙吓得出了一身冷汗，立马跃到了床上："那你不会让我只当一个虚有其表的超人吧？这一身衣服很好买啊！"

阿拉甲神灯闻听此言："那我没办法！我的法力不够，如果你想更上一层楼的话，那得去找我的弟弟——阿拉乙神灯！"

"阿拉乙神灯？"王小蒙挠挠脑袋："那，这……"许久，他仿佛下了很大决心一般，郑重地点点头："好吧！不过，你弟弟阿拉乙神灯在哪儿啊？"阿拉甲神灯呵呵一笑："如果我没记错的话，应该是在中国的南海的东沙群岛这一块儿。"

"东沙群岛？！"王小蒙惊叫起来，他重重地一捶桌子："那得多远啊！"

阿拉甲神灯缓缓开口："额，你现在不就在东沙群岛附近吗？我带你去！"正说着，王小蒙就感觉身子轻飘飘的，好像飞上了云端——不对不对，就是飞上了云端，然后又一个突然紧急降落，王小蒙便重重地撞在了沙滩上，与大地来了一个亲密接触。

"他，他是哪里来的？"大家都下意识地避开，同时惊异地问道。"这准是超人啊！"一个人大叫起来。

"哎呦！"王小蒙鼻青脸肿地爬了起来，一屁股坐在柔软的沙地上抱怨起来："阿拉甲神灯，你明明有魔法，还不让我变成超人！还把我摔得这么惨！"阿拉甲神灯大笑起来："没事！你皮糙肉厚的，摔几下就摔几下吧！现在我的魔法不多了，我们得赶快找到阿拉乙神灯！"

"咦？那是什么？"王小蒙眼尖，一下子便看见在水中有一个隐隐约约灯的形状。他一下子兴奋起来，几下狗刨便向海里冲去。可是，王小蒙使出浑身解数，也只在水面上扑腾，掀起的水花飞溅起来，在海浪的冲力下，王小蒙呛了好几口水，却离那灯越来越远。

"哎呦！呛死我了！"王小蒙正感叹，却发现——那灯竟然自己漂过来了，王小蒙欣喜若狂，如获至宝一般紧紧地握住阿拉乙神灯："哈哈，我终于找到你了！"

"噗！累死我了！"王小蒙气喘吁吁地爬到岸上，手里紧紧地攥着阿拉乙神灯——那是一盏跟阿拉甲神灯非常非常非常像的神灯。

"哈哈，找到我是你的福分！我能满足你一万个愿望！"阿拉乙神灯喋喋不休起来。王小蒙的眸子里立刻闪现出兴奋的光："哈哈，阿拉乙神灯，我就知道你不会辜负我！不对不对，你不会背叛我，什么啊，我就知道你会让我梦想成真的！我要变成超人……"

"包在我身上！"阿拉乙神灯拍拍胸脯，正要发功。阿拉甲神灯摇摇头："王小蒙，不要……"

只见一团云迅速地汇聚起来，聚到了王小蒙的脑袋边，然后"哗啦啦"地下起了瓢泼大雨，王小蒙的衣服淋湿了，整个人成了落汤鸡。可是，他却发现——自己上天入地，无所不能，武功超强。

"哈！看我的超人拳！"王小蒙猛地朝一棵椰子树砸去，只听"轰隆"一声，一棵椰子树应声而折断。王小蒙惊奇地望着自己的拳头，不禁有些高兴起来。正当他飘飘然的时候，椰子树却突然朝他栽倒下来……

"哈！超人脚！"王小蒙不愧是变成了超人，他用 0.000000001 秒就反应了过来，然后以迅雷不及掩耳之势把椰子树踢得七荤八素。

"好！好功夫！"大家都喝彩起来。甚至还有几个人向"超人"要签名。

"快走！"王小蒙不想被"围攻"，急忙拾起阿拉甲神灯和阿拉乙神灯，朝着地面一点，就冲回了自己的家中。

"阿拉乙神灯，嗯，我还有许多愿望……"王小蒙嘿嘿一笑："比如说吃零食吃个肚子溜圆，看电视看到自然睡着，不做作业老师也不打不骂等等。"阿拉乙神灯摊摊手:"这个,可不好办!"

"什么?"王小蒙的惊讶不亚于外星人入侵地球时才有的反应:"不会吧?你,你不是说你可以满足我一万个愿望吗?"

"切,那是糊弄你玩的!"阿拉乙神灯哈哈大笑起来:"你着急的样子真好笑!"

"我早就告诉你,不要轻信它,阿拉乙神灯很会骗人的!"阿拉甲神灯无奈地叹口气,"如果你想变成一个真正的超人,有超人的胆气,还想实现其他愿望的话,就得去找阿拉丙神灯!"

"阿，啊？阿拉丙神灯？它，它又在何处啊？"王小蒙差点晕过去，"你们家族真是多兄多弟啊！不过可苦了我啊！"他有些不耐烦起来。

"呵呵，不远不远，好像是在非洲的喜马拉雅山，不对，是亚洲的喜马拉雅山上！"阿拉乙神灯慢悠悠地说道，"我俩好像在那里分手的！"

"好！看我超人神奇飞行术！"王小蒙脚下一蹬，两股火焰就把他拖了起来，直冲天空而去。许久，他才在一座银装素裹的山上停了下来。

"冷！怎么这么冷啊！！"虽然是超人，但王小蒙也冻得战战兢兢，直打哆嗦："这，这喜马拉雅山怎么这么冷啊？简直就是个大冰窖！"阿拉甲神灯和阿拉乙神灯不屑地撇撇嘴："这才4000多米高的海拔，你就受不了了？咱们得去珠穆朗玛峰啊！"

"珠穆朗玛峰？"王小蒙咬咬牙关，"哼，我今天就舍命陪神灯了！"说着他又飞了起来。就在他马上想要放弃的时候，突然一阵日光晃得他睁不开眼睛，继而王小蒙便一下子豪气万丈："哈哈，这点小困难算什么？我王小蒙一定能找到阿拉丙神灯的！"

"喂喂喂，同志，我就在你脚下！"阿拉丙神灯原来被深深地埋在积雪之下，刚才那道日光就是"超人光"，是它发出而改变王小蒙胆小的性格的。

"耶耶耶！我成超人了！"王小蒙激动地手舞足蹈。

"耶耶耶！我们三兄弟团聚了！"阿拉甲、乙、丙三兄弟激动地手舞足蹈。

"那，再见了！"王小蒙摆摆手，"我要回去了！"

几天后。

气喘吁吁的王小蒙又狼狈不堪地回来了："呼！我不当超人了，又苦又累，还不讨好！老爸老妈超反对，还不如变回去呢！"

"那你就去找阿拉丁神灯吧！不过，它现在应该在外太空了！"

"哎哎哎！我还是当超人吧！"王小蒙一溜烟飞远了。

勇敢的少年

文 / 余岳

有一个少年，他家里非常贫困。少年的妈妈对少年说："你到外面找点工作干，自己养活自己吧。"少年来到一家饭店洗盘子，勤劳的他受到店老板的喜爱。

有一天上午，少年把店里所有的盘子都洗得干干净净，不用工作了，他就坐在店外面的台阶上休息。他看见一位老太太有气无力地走过来，就站起来扶住老太太，说："老太太，您看起来很饿呀，要不在我们店吃点东西吧！"

"可是我没有钱！"老太太对少年说。

"不要紧，我去把我的工作餐拿过来给您吃！"少年说。

"好哇！"老太太面带微笑地说。

老太太吃完饭，她对少年说："好孩子，我虽然没有钱，但我还是要感谢你。其实，我已经在这里的山上修行了几百年，懂一些变化。现在，山里来了一只很大的怪物，它吃人，而且它的力气很大，就连我也打不过它，为了保命我只好下山。你虽然看起来弱小，但其实内心有非常大的能量。如果你杀死了那个怪物，就能保护人们不再被怪物吃掉。"

少年想了想，说："好吧，我很乐意去杀死怪物。"

第二天，少年很早就起床了，他向妈妈告别了。刚走了没多久，他看到前面似乎有一个人。少年跑上前，想和那个人打个招呼。只听轰隆一声，少年掉进了陷阱。原来这个假人就是那个怪物变的，它弄个陷阱想抓个人当作早点吃掉。这时，有人垂下一根绳子到陷阱里，少年赶紧顺着绳子爬上来。原来，这个人叫艾米，他也是去杀怪物的。少年感谢了艾米，和艾米结伴一起去杀怪物。

他们走呀走呀，找到了一座阴森的大城堡。少年悄悄地走到了城堡的窗户外边看了一眼，然后又回到艾米身边。

少年指着大城堡说："看来这就是怪物的老巢了。咱们进去吧！"

艾米想了想，说："你先在外面准备好枪弹。记住，要瞄准。等怪物出来了，就向它开枪。"

"好的。"少年保证。

艾米像支离弦的箭一般向城堡的大门冲去。怪物看见了，张开口就把艾米吞进了肚里。少年瞄准怪物的头开枪，然后又拿出大刀对准怪物的脖子一砍，怪物的头就落了下来。但少年惊奇地发现怪物的脖子上又长出了一个头，少年又砍。这样来回砍了六次，怪物才被少年杀死。

少年小心地剖开怪物的肚子，所有被怪物吞掉的人都逃了出来。少年点了点数，足足有一百多人！少年非常开心，以后人们不用再害怕怪物了。不过，人们还没高兴多久，就吃惊地看到少年晕倒在怪物的旁边。人们纷纷用各种方法去救少年，可是谁都不能救活他。他们这才知道，虽然少年勇气过人，但怪物有个魔咒——谁杀死了怪物，那个人也会死。

就这样，少年用自己的死去换来这么多人的生命。如果事先他就知道有这样的结局，他的心里肯定也是愿意的。

蜻蜓的自述

文 / 吴佳莹

大家好，我的名字叫蜻蜓，是一种有益的昆虫。

我的长相特别奇特。我的眼睛是由成千上万个小眼睛做成的，它们可以帮我看清楚四面八方的虫子。我有一对透明的翅膀，有了它们，我就可以飞得很快，飞得很高，就连科学家们也称我为"空中飞行员"。但是，下雨的时候，每当我的翅膀被雨水打湿后，我就只能飞得很低。我的尾巴是一节一节的，当我饥饿的时候，我就会把尾巴吃掉一节，但那不是真的，因为我的尾巴可以帮我指定方向，吃掉了，我怎么辨别方向？

我最喜欢吃的害虫是蚊子，一天大约能吃五百多个。

有人说我有的时候在水面上点水，其实，我是在产卵，每当雌蜻蜓要产卵的时候，都会在水面上轻轻一点，卵就会掉在水草上，等过1-2个月，小蜻蜓就会顺着水草爬上去，再过几天，小蜻蜓就会飞了起来。

有些小朋友想把我们抓起来，这样，生态平衡就会遭到破坏，就会造成灾难。小朋友们一定要记住保护我们呀。

听了我的介绍，你喜欢我吗？

自然物语

江行的晨暮

文 / 朱湘

美在任何的地方,即使是古老的城外,一个轮船码头的上面。

等船,在划子上,在暮秋夜里九点钟的时候,有一点冷的风。天与江,都暗了;不过,仔细的看去,江水还浮着黄色。中间所横着的一条深黑,那是江的南岸。

夜众星的点缀里,长庚星闪耀得像一盏较远的电灯。一条水银色的光带晃动在江水之上,看得见一盏红色的渔灯。

岸上的房屋是一排黑的轮廓。

一条趸船在四五丈以外的地点。模糊的电灯,平时令人不快的,在这时候,在这条趸船上,反而,不仅是悦目,简直是美了。在它的光围下面,聚集着一些人形的轮廓。不过,并听不见人声,像这条划子上这样。

忽然间,在前面江心里,有一些黝黯的帆船顺流而下,没有声音,像一些巨人的鸟。

一个商埠旁边的清晨。

太阳升上了有二十度;覆碗的月亮与地平线还有四十度的距离。几大片鳞云粘在浅碧的天空里;看来,云好像是在太阳的后面,并且远了不少。

山岭披着古铜色的衣,褶痕是大有画意的。

水汽腾上有两尺多高。有几只肥大的鸥鸟,它们,在阳光之内,暂时的闪白。

月亮是在左舷的这边。

水汽腾上有一尺多高;在这边,它是时隐时显的。在船影之内,它简直是看不见了。

颜色十分清阔的,是远洲上的列树,水平线上的帆船。

江水由船边的黄到中心的铁青到岸边的银灰色。有几只小轮在喷吐着煤烟;在烟窗的端际,它是黑色;在船影里,淡青,米色,苍白;在斜映着的阳光里,棕黄。清晨时候的江行是色彩的。

快阁的紫藤花

文 / 徐蔚南

细雨蒙蒙,百无聊赖之时,偶然从《花间集》里翻出了一朵小小的枯槁的紫藤花,花色早褪了,花香早散了。啊,紫藤花!你真令人怜爱呢!岂令怜爱你;我还怀念着你的姊妹们——一架白色的紫藤,一架青莲色的紫藤——在那个园中静悄悄地消受了一宵冷雨,不知今朝还能安然无恙否?

啊,紫藤花!你常住在这诗集里吧;你是我前周畅游快阁的一个纪念。

快阁是陆放翁饮酒赋诗的故居,离城西南三里,正是鉴湖绝胜之处;去岁初秋,我曾经去过了,寒中又重游一次,前周复去是第三次了。但前两次都没有给我多大印象,这次去后,情景不同了,快阁的景物时时在眼前显现——尤其使人难忘的,便是那园中的两架紫藤。

快阁临湖而建,推窗外望,远处是一带青山,近年是隔湖的田亩。田亩间分出红黄绿三色:红的是紫云英,绿的是豌豆叶,黄的是油菜花。一片一片互相间着,美丽得远胜人间锦绣。东向,丛林中,隐约间露出一个塔尖,尤有诗意,桨声渔歌又不时从湖面飞来。这样的景色,晴天固然极好,雨天也必神妙,诗人居此,安得不颓放呢!放翁自己说:

桥如虹,水如空,一叶飘然烟雨中,天教称翁。

是的，确然天叫他称放翁的。

阁旁有花园二，一在前，一在后。前现的一个又以墙壁分成为二，前半叠假山，后半凿小池。池中植荷花；如在夏日，红莲白莲，盖满一地，自当另有一番风味。池前有春花秋月楼，楼下有匾额曰"飞跃处"，此是指鱼言。其实，池中只有很小很小的小鱼，要它跃也跃不起来，如何会飞跃呢？

园中的映山红和踯躅都很鲜艳，但远不及山中野生的自然。

自池旁折向北，便是那后花园了。

我们一踏进后花园，便有一架紫藤呈在我们眼前。这架紫藤正在开最盛的时候，一球一球重叠盖在架上的，俯垂在架旁的尽是花朵。花心是黄的，花瓣是洁白的，而且看上去似乎很肥厚的。更有无数的野蜂在花朵上下左右嗡嗡地叫着——乱哄哄地飞着。它们是在采蜜吗？它们是在舞蹈吗？它们是在和花朵游戏吗？……

我在架下仰望这一堆花，一群蜂，我便想象这无数的白花朵是一群天真无垢的女孩子，她们赤裸裸的在一块儿拥着，抱着，偎着，卧着，吻着，戏着；那无数的野蜂便是一大群的男孩，他们正在唱歌给她们听，正在奏乐给她们听。他们是结恋了。他们是在痛快地享乐那阳春。他们是在创造只有青春只有恋爱的乐土。

这种想象决不是仅我一人所有，无论谁看了这无数的花和蜂都将生出了种神秘的想象来。同钱块儿去的方君看见了也拍手叫起来，他向那低垂的一球花朵热烈地亲了个嘴，说道："鲜美呀！呀，鲜美！"他又说："我很想把花朵摘下两枝来挂在耳上呢！"

离开这架白紫藤十几步，有一围短短的冬青，穿过一畦豌豆，又是一架紫藤。不过，这一架是青莲色的，和那白色的相比，各有美处。但是就我个人说，却更爱这青莲色的，因为淡薄的青莲色呈在我眼前，便能使我感得一种和平，一种柔婉，并且使我有如饮了美酒，有如进了梦境。

很奇异,在这架花上,野蜂竟一只也没有。落下来的花瓣在地上已有薄薄的一层。原来这架花朵的青春已逝了,无怪野蜂散尽了。

我们在架下的石凳上坐了下来,观看那正在一朵一朵飘下的花儿。花雨知道求人爱怜似的,轻轻地落了一朵在膝上,我俯下看时,颈项里感得飕飕地一冷,原来又是一朵。它接连着落下来,落在我们的眉上,落在我们的脚上,落在我们的肩上。我们在这又轻又软又香的花雨里几乎睡去了。

猝然"骨碌碌"一声怪响,我们如梦初醒,四目相向,颇形惊诧。即刻又是"骨碌碌"地响了。

方君说:"这是啄木鸟。"

临去时,我总舍不得这架青莲色的紫藤,便在地拾了一朵夹在《花间集》里。夜深人静的时候,我每取出这朵花来默视一会儿。

又是一年春草绿

文 / 梁遇春

一年四季，我最怕的却是春天。夏的沉闷，秋的枯燥，冬的寂寞，我都能够忍受，有时还感到片刻的欣欢。灼热的阳光，憔悴的霜林，浓密的乌云，这些东西跟满目疮痍的人世是这么相称，真可算做这出永远演不完的悲剧的绝好背景。当个演员，同时又当个观客的我虽然心酸，看到这么美妙的艺术，有时也免不了陶然色喜，传出灵魂上的笑涡了。坐在炉边，听到呼呼的北风，一页一页翻阅一些畸零人的书信或日记，我的心境大概有点像人们所谓春的情调罢。可是一看到阶前草绿，窗外花红，我就感到宇宙的不调和，好像在弥留病人的塌旁听到少女的轻脆的笑声，不，简直好像参加婚礼时候听到凄楚的丧钟。这到底是恶魔的调侃呢，还是垂泪的慈母拿几件新奇的玩物来哄临终的孩子呢？

每当大地春回的时候，我常想起《哈姆雷特》里面那位姑娘戴着鲜花圈子，唱着歌儿，沉到水里去了。这真是莫大的悲剧呀，比哈姆雷特的命运还来得可伤，叫人们啼笑皆非，只好朦胧地徜徉于迷途之上，在谜的空气里度过鲜血染着鲜花的一生了。坟墓旁年年开遍了春花，宇宙永远是这样二元，两者错综起来，就构成了这个杂乱下劣的人世了。其实不单自然界是这样子安排颠倒遇颠连，人事也无非如此白莲与污泥相接，在卑鄙坏恶的人群里偏有些雪白晶清的魂，可是旷世的伟人又是三寸名心未死，落个白玉之玷了。天下有了伪君子，我们虽然亲眼看见美

德，也不敢贸然去相信了；可是极无聊，极不堪的下流种子有时却磊落大方，一鸣惊人，情愿把自己牺牲了。席勒说："只有错误才是活的，真理只好算做个死东西罢了。"可见连抽象的境界里都不会有个称心如意的事情了。"可哀惟有人间世"，大概就是为着这个原因吧。

我是个常带笑脸的人，虽然心绪凄其的时候居多。可是我的笑并不是百无聊赖时的苦笑，假使人生单使我们觉得无可奈何，"独闭空斋画大圈"，那么这个世界也不值得一笑了。我的笑也不是世故老人的冷笑，忙忙扰扰的哀乐虽然尝过了不少，鬼鬼祟祟的把戏虽然也窥破了一二，我却总不拿这类下流的伎俩放在眼里，以为不值得尊称为世故的对象，所以不管我多么焦头烂额，立在这片瓦砾场中，我向来不屑对于这些加之以冷笑。我的笑也不是哀莫大于心死以后的狞笑。我现在最感到苦痛的就是我的心太活跃了，不知怎的，无论到哪儿去，总有些触目伤心，凄然泪下的意思，大有失恋与伤逝冶于一炉的光景，怎么还会狞笑呢。我的辛酸心境并不是年轻人常有的那种累带诗意的感伤情调，那是生命之杯盛满后溅出来的泡花，那是无上的快乐呀，释迦牟尼佛所以会那么陶然，也就是为着他具了那个清风朗月的慈悲境界罢。走入人生迷园而不能自拔的我怎么会有这种的闲情逸致呢！我的辛酸心境也不是像丁尼生所说的"天下最沉痛的事情莫过于回忆起欣欢的日子"。这位诗人自己却又说道："曾经亲爱过，后来永诀了，总比绝没有亲爱过好多了。"我是没有过这么一度的鸟语花香，我的生涯好比没有绿洲的空旷沙漠，好比没有棕榈的热带国土，简直是挂着蛛网，未曾听过管弦声的一所空屋。我的辛酸心境更不是像近代仕女们脸上故意贴上的"黑点"，朋友们看到我微笑着道出许多伤心话，总是不能见谅，以为这些娓娓酸语无非拿来点缀风光，更增生活的妩媚罢了。"知己从来不易知"，其实我们也用不着这样苛求，谁敢说真知道了自己呢，否则希腊人也不必在神庙里刻上"知道你自己"那句话了，可是我就没有走过芳花缤纷的蔷薇的路，我只看见枯树同落叶；狂欢的宴席上排了一个白森森的人头固然可以叫古代的波斯人感到人生的悠忽而更见沉醉，骷髅搂着如花的少女跳固然可以使荒山上月光里的撒旦摇着头上的两角哈哈大笑，但是八百里的荆棘岭总不能算做愉快的旅程罢；梅花落后，雪月空明，当然是个好境界，可是牛山濯濯的峭壁上一年到底只有一阵一阵的狂风瞎吹着，那就会叫人思之欲泣了。这些话虽然言之过甚，缩小来看，也可以映出我这个无可为欢处的心境了。

在这个无时无地都有哭声回响着的世界里年年偏有这么一个春天；在这个满天澄蓝，泼地草绿的季节，毒蛇却也换了一套春装睡眼朦胧地来跟人们作伴了，禁闭于层冰底下的秽气也随着春水的绿波传到情侣的身旁了。这些矛盾恐怕就是数千年来贤哲所追求的宇宙本质罢！蕞尔的我大概也分了一份上帝这笔礼物罢。笑涡里贮着泪珠儿的我活在这个乌云里夹着闪电，早上彩霞暮雨凄凄的宇宙里，天人合一，也可以说是无憾了，何必再去寻找那个无根的解释呢。"满眼春风百事非"，这般就是这般。

萤

文 / 靳以

郁闷的无月夜，不知名的花的香更浓了，炎热也愈难耐了；千千万万的萤火在黑暗的海中漂浮着。那像亮在泡沫的尖顶的一点雪白的水花，也像是照映在海面上群星的身影。我仰起头来，天上果真就嵌满了星星，都在闪着，星是天间的萤的身影呢，还是萤是地上的星的身影？但是它们都发着光，虽然很微细，却也为夜行人照亮眼前的路。路是很平坦，入了夜，该是毒物的世界，不是曾经看见过一尾赤练蛇横在路的中央吗？它不一定要等待人们去侵犯它才张口来咬的，它就是等在那里，遇到什么生物也不放过，它是依靠吞噬他人的生命才得生存的。

可是萤却高高低低浮在空中，不但为人照亮了路边的深坑，也为人照出偃卧的毒蛇，使过路人知所趋避。群星在天上，也用忧愁而关心的眼睛望着，它自知是发光的，就更把眼睛大了（因为疲倦，所以不得不一眨一眨的），它恨不得大声喊出来，告诉人们："在地上，夜是精灵的世界，回到你们的家中去吧，等待太阳出来再继续你们的行程。"可是它没有声音，因为风静止着，森林也得守着他们的沉默。田间的水流，也因为干涸，停止它们的潺潺了。在地上，在黯黑的夜里，只有蛙发着噪聒的鸣叫，那是使人觉得郁热更其难耐，黑夜更其无边的。守在路中的蛇也在嘶嘶地叫着，怕也因为没有猎取物而感到不耐吧？它也许意识到萤火对它是不利的，便高昂起头来，想用那吞吐的毒舌吸取一只两只;可是可爱的萤火,早自飞到更高处去了。向上看,那毒蛇才又看到天上闪烁着那么多发光的眼睛,一切光,原来都是使人类幸福的,它就不得不颓然又垂下头,扭着那斑驳的身躯,不情愿地回到自己的洞穴中去了。

那成千成万的萤火虫,却一直愉快地飘着,向上飞在高空中,它的光显得细弱了,它还是落到地上来。落在树枝上,使人们看到肥大的绿叶间还有一丛丛的花朵,那香气该是它们发散出来的吧?落在路边的草上,映出那细瘦的叶尖,和那上面栖息着的一只小甲虫;落在老人的胡须上,孩子更会稚气地叫着:"看,胡子像烟斗似地烧起来了,一亮一亮的。"落在骄傲的孩子的发际,她就便得意地说:"看我头上簪了星星!"

它们就是这样成夜地忙碌着,在黯黑的世界中穿行;当着太阳的光重复来到大地,它们就和天际的星星互相道着辛苦隐下去了,等待黯夜复来的时候再为人类献出它们微弱的光辉。

吃瓜子

文 / 丰子恺

从前听人说：中国人人人具有三种博士的资格：拿筷子博士、吹煤头纸博士、吃瓜子博士。

拿筷子，吹煤头纸，吃瓜子，的确是中国人独得的技术。其纯熟深造，想起了可以使人吃惊。这里精通拿筷子法的人，有了一双筷，可抵刀锯叉瓢一切器具之用，爬罗剔抉，无所不精。这两根毛竹仿佛是身体上的一部分，手指的延长，或者一对取食的触手。用时好像变戏法者的一种演技，熟能生巧，巧极通神。不必说西洋了，就是我们自己看了，也可惊叹。至于精通吹煤头的纸法的人，首推几位一天到晚捧水烟筒的老先生和老太太。他们的"要有火"比上帝还容易，只消向煤头纸上轻轻一吹，火便来了。他们不必出数元乃至数十元的代价去买打火机，只要有一张纸，便可临时在膝上卷起煤头纸来，向铜火炉盖的小孔内一插，拔出来一吹，火便来了。我小时候看见我们染坊店里的管账先生，有种种吹煤头纸的特技。我把煤头纸高举在他的额旁边了，他会把下唇伸出来，使风向上吹；我把煤头纸放在他的胸前了，他会把上唇伸出来，使风向下吹；我把煤头纸放在他的耳旁了，他会把嘴歪转来，使风向左右吹；我用手按住了他的嘴，他会用鼻孔吹，都是吹一两下就着火的。中国人对于吹煤头纸技术造诣之深，于此可以窥见。所可惜者，自从卷烟和火柴输入中国而盛行之后，水烟这种"国烟"，竟被冷落，吹煤头纸这种"国技"也很不发达了。生长在都会里的小孩子,有的竟不会吹,或者连煤头纸这东西也不曾见过。在努力保存国粹的人看来,这也是一种可虑的现象。近来国内有不少人努力于国粹保存。国医、国药、国术、国乐,都有人在那里提倡。也许水烟和煤头纸这种国粹,将来也有人起来提倡,使之复兴。

但我以为这三种技术中最进步、最发达的,要算吃瓜子。近来瓜子大王的畅销,便是其老大的证据。据关心此事的人说,瓜子大王一类的装纸袋的瓜子,最近市上流行的有许多牌子。最初是某大药房"用科学方法"创制的,后来有什么"好吃来公司""顶好吃公司"等种种出品陆续产出。到现在差不多无论哪个穷乡僻处的糖食摊上,都有纸袋装的瓜子陈列而倾销着了。现代中国人的精通吃瓜子术,由此盖可想见。我对于此道,一向非常短拙,说出来有伤于中国人的体面,但对自家人不妨谈谈,我从来不曾自动地找求或买瓜子来吃。但到人家做客,受人劝诱时;或者在酒席上、杭州的茶楼上,看见桌上现成放着瓜子盆时,也便拿起来咬,我必须注意选择,选那较大、较厚、而形状平整的瓜子,放进口里,用臼齿"格"地一咬;再吐出来,用手指去剥。幸而咬得恰好,两瓣瓜子壳各向两旁扩张而破裂,瓜仁没有咬碎,剥起来就较为省力。若用力不得其法,两瓣瓜子壳和瓜仁叠在一起而折断了,吐出来的时候我就担忧。那瓜子已纵断为两半,两半瓣的瓜仁紧紧地装塞在两半瓣的瓜子壳中,好像日本版的洋装书,套在很紧的厚纸函中,不容易取它出来。这种洋装书的取出法,现在都已从日本人那里学得,不要把指头塞进厚纸函中去力挖,只要使函口向下,两手扶着函,上下振动数次,洋装书自会脱壳而出。然而半瓣瓜子的形状太小了,不能应用这个方法,我只得用指爪细细地剥取。有时因为练习弹琴,两手的指爪都剪平,和尚头一般的手指对它简直毫无办法。我只得乘人不见把它抛弃了。在痛感困难的时候,我本拟不再吃瓜子了。但抛弃了之后,觉得口中有一种非甜非咸的香味，会引逗我再吃。我便不由地伸起手来，另选一粒，再送交臼齿去咬。不幸而这瓜子太燥，我的用力又太猛，"格"地一响，玉石不分，咬成了无数的碎块，事体就更糟了。我只得把粘着唾液的碎块尽行吐出在手心里，用心挑选，剔去壳的碎块，然后用舌尖舐食瓜仁的碎块。然而这挑选颇不容易，因为壳的碎块的一面也是白色的，与瓜仁无异，我误认为全是瓜仁而舐进口中云嚼，其味虽非嚼蜡，却等于嚼砂。壳的碎片紧紧地嵌进牙齿缝里，找不到牙签就无法取出。碰到这种钉子的时候，我就下个决心，从此戒绝瓜子。戒绝之法，大抵是喝一口茶来漱一漱口，点起一支香烟，或者把瓜子盆推开些，把身体换个方向坐了，以示不再对它发生关系。然而过了几分钟，与别人谈了几句话，不知不觉之间，会跟了别人而伸手向盆中摸瓜子来咬。等到自己觉察破戒的时候，往往是已经咬过好几粒了。这样，吃了非戒不可，戒了非吃不可；吃而复戒，戒而复吃，我为它受尽苦痛。这使我现在想起了瓜子觉得害怕。

　　但我看别人，精通此技的很多。我以为中国人的三种博士才能中，咬瓜子的才能最可叹佩。常见闲散的少爷们，一只手指间夹着一支香烟，一只手握着一把瓜子，且吸且咬，且咬且吃，且吃且谈，且谈且笑。从容自由，真是"交关写意"！他们不须拣选瓜子，也不须用手指去剥。一粒瓜子塞进了口里，只消"格"地一咬，"呸"地一吐，早已把所有的壳吐出，而在那里嚼食瓜子的肉了。那嘴巴真像一具精巧灵敏的机器，不绝地塞进瓜子去，不绝地"格""呸""格""呸"……全不费力，可以永无罢休。女人们、小姐们的咬瓜子，态度尤加来得美妙；她们用兰花似的手指摘住瓜子的圆端，把瓜子垂直地塞在门牙中间，而用门牙去咬它的尖端。"的，的"两响，两瓣壳的尖头便向左右绽裂。然后那手敏捷地转个方向，同时头也帮着了微微地一侧，使瓜子水平地放在门牙口，用上下两门牙把两瓣壳分别拨开，咬住了瓜子肉的尖端而抽它出来吃。这吃法不但"的，的"的声音清脆可听，那手和头的转侧的姿势窈窕得很，有些儿妩媚动人。连丢去的瓜子壳也模样姣好，有如朵朵兰花。由此看来，咬瓜子是中国少爷们的专长，而尤其是中国小姐、太太们的拿手戏。

在酒席上、茶楼上，我看见过无数咬瓜子的圣手。近来瓜子大王畅销，我国的小孩子们也都学会了咬瓜子的绝技。我的技术，在国内不如小孩子们远甚，只能在外国人面前占胜。记得从前我在赴横滨的轮船中，与一个日本人同舱。偶检行箧，发见亲友所赠的一罐瓜子。旅途寂寥，我就打开来和日本人共吃。这是他平生没有吃过的东西，他觉得非常珍奇。在这时候，我便老实不客气地装出内行的模样，把吃法教导他，并且示范地吃给他看。托祖国的福，这示范没有失败。但看那日本人的练习，真是可怜的很！他如法将瓜子塞进口中，"格"地一咬，然而咬时不得其法，将唾液把瓜子的外壳全部浸湿，拿在手里剥的时候，滑来滑去，无从下手，终于滑落在地上，无处寻找了。他空咽一口唾液，再选一粒来咬。这回他剥时非常小心，把咬碎了的瓜子陈列在舱中的食桌上，俯伏了头，细细地剥，好像修理钟表的样子。约莫一二分钟之后，好容易剥得了些瓜仁的碎片，郑重地塞进口里去吃。我问他滋味如何，他点点头连称 umai, umai！（好吃，好吃！）我不禁笑了出来。我看他那阔大的嘴里放进一些瓜仁的碎屑，犹如沧海中投以一粟，亏他辨出 umai 的滋味来。但我的笑不仅为这点滑稽，本由于骄矜自夸的心理。我想，这毕竟是中国人独得的技术，像我这样对于此道最拙劣的人，也能在外国人面前占胜，何况国内无数精通此道的少爷、小姐们呢？

发明吃瓜子的人，真是一个了不起的天才！这是一种最有效的"消闲"法。要"消磨岁月"，除了抽鸦片以外，没有比吃瓜子更好的方法了。其所以最有效者，为了它具备三个条件：一、吃不厌；二、吃不饱；

三、要剥壳。俗语形容瓜子吃不厌，叫做"勿完勿歇"。为了它有一种非甜非咸的香味，能引逗人不断地要吃。想再吃一粒不吃了，但是嚼完吞下之后，口中余香不绝，不由你不再伸手向盆中或纸包里去摸。我们吃东西，凡一味甜的，或一味咸的，往往易于吃厌。只有非甜非咸的，可以久吃不厌。瓜子的百吃不厌，便是为此。有一位老于应酬的朋友告诉我一段吃瓜子的趣话：说他已养成了见瓜子就吃的习惯。有一次同了朋友到戏馆里看戏，坐定之后，看见茶壶的旁边放着一包打开的瓜子，便随手向包里掏取几粒，一面咬着，一面看戏。咬完了再取，取了再咬。如是数次，发见邻席的不相识的观剧者也来掏取，方才想起了这包瓜子的所有权。低声问他的朋友："这包瓜子是你买来的么？"那朋友说"不"，他才知道刚才是擅吃了人家的东西，便向邻座的人道歉。邻座的人很漂亮，付之一笑，索性正式地把瓜子请客了。由此可知瓜子这样东西，对中国人有非常的吸引力，不管三七二十一，见了瓜子就吃。

俗语形容瓜子吃不饱，叫做"吃三日三夜，长个屎尖头"。因为这东西分量微小，无论如何也吃不饱，连吃三日三夜，也不过多排泄一粒屎尖头。为消闲计，这是很重要的一个条件。倘分量大了，一吃就饱，时间就无法消磨。这与赈饥的粮食目的完全相反。赈饥的粮食求其吃得饱，消闲的粮食求其吃不饱。最好只尝滋味而不吞物质。最好越吃越饿，像罗马亡国之前所流行的"吐剂"一样，则开筵大嚼，醉饱之后，咬一下瓜子可以再来开筵大嚼。一直把时间消磨下去。

要剥壳也是消闲食品的一个必要条件。倘没有壳，吃起来太便当，容易饱，时间就不能多多消磨了。一定要剥，而且剥的技术要有声有色，使它不像一种苦工，而像一种游戏，方才适合于有闲阶级的生活，可让他们愉快地把时间消磨下去。

具足以上三个利于消磨时间的条件的，在世间一切食物之中，想来想去，只有瓜子。所以我说发明吃瓜子的人是了不起的天才。而能尽量地享用瓜子的中国人，在消闲一道上，真是了不起的积极的实行家！试看糖食店、南货店里的瓜子的畅销，试看茶楼、酒店、家庭中满地的瓜子壳，便可想见中国人在"格，呸""的，的"的声音中消磨去的时间；每年统计起来为数一定可惊。将来此道发展起来，恐怕是全中国也可消灭在"格，呸""的，的"的声音中呢。

我本来见瓜子害怕，写到这里，觉得更加害怕了。

砸桃骨

文 / 向善华

桃核，壳质坚硬，我们家乡称它桃骨，通俗，又不失形象。小镇药店不收桃骨，只收桃仁，所以，砸桃骨取桃仁就成了一件很有奔头的事。要是运气好一点，又能吃苦耐劳有恒心，桃熟季节，往往能砸到一个学期的学费，另加几本练习簿、几支铅笔和一个外表漂亮里面印了乘法口诀的铁皮文具盒。

家乡多水蜜桃和小毛桃。水蜜桃肉质甜美，大家喜欢吃，但水蜜桃的桃仁一晒即干，瘪成两层皮，没得砸头。小毛桃大多酸且苦，没过硬的牙口，最好别馋它。小毛桃的桃仁饱满壮实，日头再晒，也不缩水，很是压秤。砸桃骨，就得砸它！

农历五月过后，小毛桃儿成熟了。这时学生们也放暑假了，正是砸桃骨的大好时节！

一大早，村巷里弄，檐前屋后，常有人提着竹篮，眼睛盯着地面，寻寻觅觅，连路边草丛石窠也不曾放过，那肯定是捡桃骨的、不再随队出工的老人或者放了暑假的孩子。那些日子，我逐渐养成一种习惯，放牛砍柴扯猪草回家时，只要发现路旁有一枚桃骨，便弯腰拾起来，想都不想就塞进裤兜。动作不雅，更不卫生，但我却乐此不疲，享受着这意外的收获。其实，砸桃骨是一件苦差，五黄六月，太阳一点情面都不讲，毒辣辣地烤着大地，烤着我一路搜寻的目光。

捡桃骨，最好是寻坡坎地畔的毛桃树去。细细的毛桃儿熟了红了软了，主人不管的，都是麻雀先尝，然后才从枝头掉落下来，"嘭"的一声闷响，桃浆迸裂，露出红鲜鲜的桃骨。几场雨水，几个日头，树下，桃肉霉烂，酸腐刺鼻，苍蝇嘤嘤嗡嗡，上下翻飞。但隐隐中，我们能嗅到丝丝缕缕发过酵的果酒香。我们将竹篮放下，猫着腰，一心只想捡桃骨，哪管脏还是不脏。总有几枚桃骨掩在烂桃肉下，仅露一线红边，卖弄风情似的。我们拿眼一瞟，伸出两个手指头轻轻扒弄扒弄，就丢进竹篮里了。

将桃骨洗净，日头下暴晒半天，不滑手，就可以砸桃骨了。

老屋门槛下有一块垫脚石，上面有好几处月牙形的凹坑，都是我小时候砸桃骨砸下的。最初，垫脚石光溜溜的，除了重叠着岁月的足迹，沾着几坨泥巴，其他什么也没留下。我搬一张小板凳，低头弯腰，试着一铁锤下去，桃骨大多砸飞了。一不留神，还砸着了手指头，痛得又抖又甩，忙伸进嘴里，自己的痛自己吮。有时候用力太猛，不得不扔了铁锤，使劲掐住受伤发紫的指头，强压住泪水，口中"咝咝咝"地叫着。那种钻心入骨的胀痛，好像整个手指都不是自己的了。渐渐地，垫脚石显出凹痕，且越陷越深，我砸得也就更加得心应手了。桃骨扁立，左手与右手轻轻捏住，右手握锤，"叭"桃骨一破两瓣，露出心形桃仁来！

砸过整整一个暑假，收起意犹未尽的小铁锤，须等到第二年才能开砸。但仍有一些犄角旮旯的桃骨躲过我们寻觅的目光，成为幸运的种子，经春历夏，转眼长成一棵棵大树，等我们砸桃骨！

仍记得每次去小镇药店卖桃仁的情形。

哗哗哗，晾干的桃仁滑入一只大撮箕，那个戴眼镜的男收购员将右手插到底，翻上来，左右来回扒弄。然后再抓起一小把，揉揉挤挤，放耳边听听，丢回撮箕。之后又随便捏起一粒，拇指指甲一掐，"咔嘣"一声微响，才算验收过关。数了钱，全都放进刚才装桃仁来的布袋，袋口挽一个死结，穿过墟场回到家，一路阳光灿烂。

多年后，小镇药店发展到好几家。药店门口立一电脑喷绘的招牌：大量收购药材。在收购的名目繁多的药材中，桃仁排在最前面。每次经过，目光撞上"桃仁"二字，手指头禁不住条件反射似的捏两下子，疼痛的感觉回忆起来就有这么幸福！

可惜，现在的孩子不砸桃骨！

其实，人生就是一场砸桃骨。人人手中一把锤，扬起了，别无回头路。瞅准，狠狠砸下去，一刻不停地砸，汗水淋漓地砸，再硬的壳，都将在我们面前一一破碎，露出真实美丽的核来！

海内第一桥《洛阳桥》的传说

摘编 / 芳芳

洛阳桥是我国名闻海内外的四大古桥之一，始建于宋皇祐五年（1053年），于嘉祐四年（1059年）建成，历时年七年。由当时郡守蔡襄主持兴建。桥原长1200多米，宽约5米，有46座桥墩，500个扶栏，28个石狮，7座石亭，9座石塔，规模宏大。

洛阳桥是我国古代著名的梁式石桥，坐落于福建省泉州市东约10千米、与惠安县分界的洛阳江上。洛阳桥是世界建桥史上一座重要的里程碑，被誉为"天下奇桥"，桥头有一块匾额，上面写着"海内第一桥"。

宋朝以前，福建泉州东郊的洛阳江上没有桥，只有一个渡口，叫万安渡，是南来北往的交通要冲，过江只有靠船，十分不便。再加上这里靠近入海口，江面开阔，风大浪大，十分危险。

传说当年真武大帝得道成仙之时，曾将他的肠肚丢进洛阳江里了，年代一久，真武大帝的肠子就变做了蛇妖，肚子变成了龟精，蛇妖与龟精在洛阳江上兴风作浪，渡船常常被风浪打翻，乘客船夫统统落水，大多死于非命。

有一年，有位娘家住在惠安的卢氏，她在分娩前从娘家回来，路过万安古渡。这时天已是傍晚了，最后一趟渡船已经离岸向江心划去。卢氏急忙大声招呼船夫。船夫听到岸上有妇人呼叫，就把船掉头靠岸，让妇人上船。

船驶到江心时，忽然风紧浪急，渡船在江心颠簸得十分厉害，乘客个个吓得脸色苍白。眼看就要翻船了，忽然空中传来一声呼喊："蔡学士在此，水怪不得无礼！"

刹时，江上风平浪静，渡船顺利地向对岸划去了。全船人无不感到庆幸，知道这是托蔡学士的福。但是，当船主问及谁是蔡学士时，船上竟无一人姓蔡，只有最后上船的卢氏夫家姓蔡。于是，大家便一致认为卢氏的腹中之儿，将来也许就是蔡学士。

卢氏笑着许愿说："如果我将来真的生一个男孩，长大后官居学士，一定叫他在这个地方建造一座桥，以保万代平安。"

卢氏回到枫亭的婆家不久，果然生下一男孩，取名蔡襄。蔡襄自幼聪明伶俐，七八岁就能熟读《五经》。有一天深夜，蔡襄正在书房读书，突然天上传来阵阵雷声，十分令人恐惧。蔡襄推开窗户向外观看时，只见云中有一个人身鸡公头的巨人，一手握斧头，一手捏盘子，不时用斧头敲击盘子，发出震雷的声音。

蔡襄正看得入神，忽见一粒米不知从那里飞到书桌上，他拣起那颗米，那颗米突然对他讲话说："蔡学士，快救救我！"

原来，那颗米是八仙之一的吕洞宾变的，他因触犯天条，玉皇大帝便派遣雷公来追打他。于是，他变成一粒米，逃到蔡襄的书房中来了。

雷公知道蔡襄将来是学士，担心追打吕洞宾会伤及蔡襄，便掉头回天庭复命去了。吕洞宾见雷公走了，便现出原形。为感谢蔡襄的救命之恩，吕洞宾赠送一副笔墨给蔡襄，并叮嘱蔡襄如遇困难，可用这副笔墨写字，自然就会逢凶化吉和得心应手。

宋代天圣八年，就是1030年，蔡襄参加开封乡试获第一名。天圣九年登进士第十名，第二年授漳州军事判官，任职四年。至和、嘉祐年间,就是1054年至1063年,蔡襄两次在泉州任太守。

蔡襄一到泉州任职,就立即召集属僚乡贤商议在洛阳江上建桥的事,他亲自到江边察勘,下令招募造桥工匠,筹集建桥资金。百姓闻讯奔走相告,欢呼雀跃,一时四面八方的工匠纷纷前来参与建桥。

开工那一天,江岸人山人海。可是,由于洛阳江"水阔五里""深不可测",一船船石料抛下江中,霎时被汹涌的江涛卷得无影无踪了。龟精蛇怪拼命地翻江倒海,撞沉了好几艘木船。

蔡襄为此愁眉不展。一天夜里,仙人吕洞宾托梦对蔡襄说:"此事无须过虑,我给东海龙王写封信,让他停潮一天,就可以把桥基砌起来了。"

蔡襄听后大喜,从梦中醒来,见桌上果然放着一封信,上书"面呈东海龙王"。第二天上堂时,蔡襄便在堂上问道:"谁下得海?"

差役夏德海连忙叩见说:"小人便是夏德海,不知大人有何吩咐?"

蔡襄一听大喜,便说:"你既下得海?那就把这封信面呈东海龙王吧!"

夏德海面呈难色,原来"夏德海"是他的名字,他自己并不谙水性,根本下不了海。但上命难违,只好硬着头皮去了。夏德海领命回到家中,把下海投书之事告诉了妻子,其妻不禁失声痛哭,但也无可奈何,只得给夏德海置酒饯行。

夏德海喝得酩酊大醉,昏昏沉沉来到海边,瘫倒在海滩上,被巡夜的虾兵蟹将发现了,将其捉入龙宫。夏德海到龙宫后,便把蔡襄给他的信交给了龙王。东海龙王与吕洞宾交情颇深,见到信后,便马上回复一封让夏德海带回。

黎明时分,夏德海从昏睡中醒来,他看见有一封信上写"面呈蔡襄收",便急忙将信交给蔡襄。蔡襄将信打开,只见信中只有一个"醋"字。他琢磨了好一会儿才恍然大悟,立刻下令二十一日酉时开始抢修桥基。原来"醋"字可拆为"廿一日"与"酉"。

到了这天,果然海潮退落,水底裸露,桥工们昼夜施工。

蔡襄亲自指挥数千工匠抛石奠基、砌筑桥墩,洛阳江畔车水马龙,穿梭不息,很快一座座坚固的桥墩便巍然屹立在江中了。

可是,在砌筑第四十六座桥墩时,江边的石头已经用尽了。如果不能赶在海水退潮三日的期限内把最后一座桥墩造好,一旦海潮呼啸而来,就会冲毁桥基,前功尽弃!就在紧急关头,恰巧吕洞宾驾云漫游经过这里,他为蔡襄建桥的非凡气魄所感动,便不慌不忙地飘落万安山上,轻轻把拂尘一挥,顿时漫山顽石皆点头。接着,吕洞宾又把拂尘一挥,山上所有的岩石便跃然而起,他再一挥,一块块大石头全变成了"猪母",成群结队奔下山来,跑到海滩,跳进建造桥墩的江底。转眼间,这些"猪母"又都化作大石头层层堆叠起来。

这些"猪母"中有一只"猪母"不小心跌伤了一条腿,因走得慢而落在后头,等它赶到江边时,最后一座桥墩已经造好了。它便只好卧在旁边,成为了一块躯体肥硕的"猪母石"。

当奔腾的海潮再度席卷而来时,蔡襄已经指挥工匠们奠定了桥基。首战告捷,群情鼎沸,欢声雷动,四十六座桥墩犹如中流砥柱威镇狂澜,吓得龟精蛇怪胆战心惊。

为了铺筑三百六十丈长、一丈五尺宽的大石桥,急需把数以万计的巨大石板架在桥墩上。这个时节,偏偏缺乏一大批杉木造船装运石料,因此施工进展缓慢,蔡襄为此十分着急。

一天深夜,蔡襄思虑着如何解决这个难题呢?想着想着,不觉伏在案上睡着了。不一会儿,他就梦见吕洞宾,吕洞宾指点他差人到清源山麓请"三人一目仙"帮助。

蔡襄一觉醒来,将信将疑,便传唤衙吏夏德海速往清源山探寻个究竟。夏德海急忙赶到清源山,等候了大半天,也没碰见什么"三人一目仙"的影子。将近黄昏时,就在夏德海准备失望而归时,忽见三个衣衫褴褛的乞丐,以手搭肩鱼贯而来。为首一个只睁着一只眼睛,另一眼瞎;其余两个,双目皆盲。夏德海不禁又惊又喜,这不就是"三人一目仙"吗?

夏德海慌忙拔腿奔了过去,把他们三人拦住,苦苦恳求他们与他同去洛阳江。那三个乞丐见他十分诚恳真挚,也就应允了。这时,只听其中一个乞丐口中念念有词:"洛阳江头,古井一口,木可造舟,水可饮酒……"

念罢,三个乞丐忽地全睁开了眼睛,原来这三人竟是吕洞宾、李铁拐和张果老。三仙哈哈大笑,像一阵风飘然而去。夏德海则吓得目瞪口呆,赶紧回来报告蔡襄。

数日之后,果然在洛阳江畔一口古井中,喷泉似地涌出许多杉木,蔡襄和造桥工匠喜出望外,都拍掌赞叹不已。建桥民工到井中汲水,一股酒香扑鼻,水喝到肚里顿觉止饥消渴,大家你一口、我一口喝了个痛快。

蔡襄集中了工匠们的智慧,创造出了"筏形基础",让船尖形的桥墩分开水势,减少了浪潮的冲击力。他又利用海水的浮力,发明了"悬机浮运",借助潮涨船高,把一块块重达数千斤的大石板,轻轻托举起来铺在桥墩之间,使大桥渐渐显出了奇伟的雄姿。

有一天,蔡襄发现洛阳江中每一块礁石中,生长着密密麻麻的牡蛎丛,他心想要是能采用"种蛎固基"的方法,使牡蛎繁生把桥基和桥墩石胶合凝结成牢固的整体该有多好啊!他正这么想时,蓦然间,只见江上忽然刮起一阵巨风,把满江的牡蛎丛全都吹到洛阳桥墩上了,这些牡蛎丛就像在桥墩上打上无数的钢钉,使雄峙江上的石桥更加坚不可摧。

蔡襄惊奇万分,他抬头一看,只见南海观音立在云端微笑道:"学士苦心精诚可感,方才是我略施小技。尔后再叫八仙助你除妖,永绝后患！"

眼看大桥即将竣工，潜伏江底的龟精、蛇怪不肯甘休，它们纠集洛阳江上游的九十九条蛟龙，掀起狂风恶浪，张牙舞爪，直向石桥扑来。

吕洞宾知道后，就让张果老骑着驴子，把作恶多端的龟精踩成了一团烂泥。铁拐李打开火葫芦，葫芦中立即喷吐出一股浓烟烈火，把那九十九条蛟龙活活烧死了。这时天上出现彩虹，江上波平如镜，岸上弦歌声声。洛阳江两岸人们喜气洋洋，敲锣打鼓，欢呼历经七年终于建成的跨海长桥。

中秋节的由来

文 / 季佳慧

一年一度的中秋节到了,我们该吃月饼和赏月了。那你知道中秋节的是怎么来的吗?

中秋节是我国的第二大传统节日,节期为八月十五,恰逢三秋之半,故名"中秋节",也叫"仲秋节"。又因这个节日在秋天,在八月,故又称"秋节"或"八月节"。中秋节还有一个关于嫦娥奔月的神话故事。

相传在远古的时候,天上出现了十个太阳,烤得大地直冒烟,也烤得老百姓无法生活。有一个力大无穷的英雄叫后羿,他登上昆仑山顶,运足力气,拉满神弓,一口气射下了九个太阳。他对天上的最后一个太阳说道:"从今以后,你每天必须按时升起,按时落下,为民造福。"后羿为了老百姓,射掉了九个太阳,只留下一个太阳,为老百姓服务,所以,大伙都很敬佩他,很多人都想拜他为师,跟他学习武艺。有一个叫风门的人,为人奸诈贪婪,也随着众人拜在后羿的门下。

后羿的妻子嫦娥,是一个美丽善良的女子。一天,昆仑山上的西王母娘娘送给后羿一丸仙丹,据说,人吃了这种仙丹,不但能长生不老,还能升天为仙。可是,后羿不愿意离开嫦娥,就把仙丹交给嫦娥保管,要她将仙丹藏在百宝匣里。这件事不知怎地被风门知道了,他想出许多的办法,一心想把后羿的仙丹弄到手。八月十五这一天,后羿带着徒弟出门去了，风门假装生病，留了下来。到了晚上，风门迫不及待地钻进后羿的家里，威逼嫦娥把仙丹交出来。风门见嫦娥不肯交出仙丹，就自己翻箱倒柜，四处寻找。眼看就要找到了，嫦娥疾步向前，取出仙丹，一口气吞了下去。嫦娥吃了仙丹，身体忽然飞起来了，飞到了月球上。

乡亲们很想念嫦娥，每年八月十五，各家都在院子里摆上嫦娥平时喜欢吃的月饼。从此以后，每年的八月十五，就成了人们期盼团圆的中秋佳节。

我爱冬天

文 / 洪美玲

冬天，是我最喜欢的一个季节。

我最喜欢被白雪所覆盖的冬天：屋顶上堆积着厚厚的雪，大树为春天的来临换上了一件白色的新装，青翠挺拔的雪松几乎变成了白雪松，要是在上面再挂上几个小灯泡、塑料小星星和一些彩色丝带，就变成了一棵漂亮的圣诞树了；河里结了一层厚厚的冰，小猫和小狗们在冰面上欢快地跳着舞，好像在欢迎冬天的到来。足迹、轮迹、行人和树木构成了一幅美丽的图画。

在冬天，我最喜欢和家人一起打雪仗。记得那年，我和爸爸妈妈一起玩打雪仗，我躲在一棵大树的后面，开始制作"武器"——抓了一把雪，将它揉捏成一个小球。武器制作好后，我手拿这件"武器"开始寻找"敌人"。忽然，一个大雪球朝我这里飞过来，正好砸到我的头上。顿时，我感到脑袋冰凉冰凉的，难受极了。

我把手里的小雪球在地上滚了滚，加大了一下，然后，把雪球向飞来的地方一扔，"哎呀"那边传来一声叫声，是爸爸的声音，他被我击中了。"哈哈"我得意地笑了，左右手各抓一个雪球，继续向那个地方扔去。可出乎我的意料，那个地方没有反应了，我估计他们转移了基地。正当我四处寻找他们时，忽然，又有几个大雪球朝我飞了过来，这次不是一个，而是四个。我以迅雷不及掩耳之势避开了一个，可还是有两个雪球钻到我的衣领里去了,感觉很凉。我不甘示弱,马上反击,将爸爸和妈妈打得"哎呀"直叫。"哎呀"和"哈哈"的声音,一直在我的耳边回荡。

雪真是一个奇妙的精灵。它不但把大地装扮成一个银装素裹的世界,还让我们玩出了各种花样,玩出了无限乐趣。

读书沙龙

学问之趣味

文 / 梁启超

我是个主张趣味主义的人：倘若用化学化分"梁启超"这件东西，把里头所含一种原素名叫"趣味"的抽出来，只怕所剩下的仅有个0了。我以为凡人必常常生活于趣味之中，生活才有价值。若哭丧着脸挨过几十年，那么，生命便成沙漠，要来何用？中国人见面最喜欢用的一句话："近来作何消遣？"这句话我听着便讨厌。话里的意思，好像生活得不耐烦了，几十年日子没有法子过，勉强找些事情来消他遣他。一个人若生活于这种状态之下，我劝他不如早日投海！我觉得天下万事万物都有趣味，我只嫌二十四点钟不能扩充到四十八点，不够我享用。我一年到头不肯歇息，问我忙什么？忙的是我的趣味。我以为这便是人生最合理的生活，我常常想动员别人也学我这样生活。

凡属趣味，我一概都承认他是好的，但怎么样才算"趣味"，不能不下一个注脚。我说："凡一件事做下去不会生出和趣味相反的结果的，这件事便可以为趣味的主体。"赌钱趣味吗？输了怎么样？吃酒趣味吗？病了怎么样？做官趣味吗？没有官做的时候怎么样？……诸如此类，虽然在短时间内像有趣味，结果会闹到俗语说的"没趣一齐来"，所以我们不能承认他是趣味。凡趣味的性质，总要以趣味始以趣味终。所以能为趣味之主体者，莫如下列的几项：一，劳作；二，游戏；三，艺术；四，学问。诸君听我这段话，切勿误会以为：我用道德观念来选择趣味。我不问德不德,只问趣不趣。我并不是因为赌钱不道德才排斥赌钱,因为赌钱的本质会闹到没趣,闹到没趣便破坏了我的趣味主义,所以排斥赌钱;我并不是因为学问是道德才提倡学问,因为学问的本质能够以趣味始以趣味终,最合于我的趣味主义条件,所以提倡学问。

学问的趣味,是怎么一回事呢?这句话我不能回答。凡趣味总要自己领略,自己未曾领略得到时,旁人没有法子告诉你。佛典说的:"如人饮水,冷暖自知。"你问我这水怎样的冷,我便把所有形容词说尽,也形容不出给你听,除非你亲自喝一口。我这题目——学问之趣味,并不是要说学问如何如何的有趣味,只要如何如何便会尝得着学问的趣味。

诸君要尝学问的趣味吗?据我所经历过的有下列几条路应走:

第一,"无所为"(为读去声):趣味主义最重要的条件是"无所为而为"。凡有所为而为的事,都是以别一件事为目的而以这件事为手段;为达目的起见勉强用手段,目的达到时,手段便抛却。例如学生为毕业证书而做学问,著作家为版权而做学问,这种做法,便是以学问为手段,便是有所为。有所为虽然有时也可以为引起趣味的一种方面,但到趣味真发生时,必定要和"所为者"脱离关系。你问我"为什么做学问"?我便答道:"不为什么。"再问,我便答道:"为学问而学问。"或者答道:"为我的趣味。"诸君切勿以为我这些话故弄玄虚;人类合理的生活本来如此。小孩子为什么游戏?为游戏而游戏;人为什么生活?为生活而生活。为游戏而游戏,游戏便有趣;为体操分数而游戏,游戏便无趣。

第二,不息:"鸦片烟怎样会上瘾?""天天吃。""上瘾"这两个字,和"天天"这两个字是离不开的。凡人类的本能,只要那部分搁久了不用,他便会麻木、会生锈。十年不跑路,两条腿一定会废了;每天跑一点钟,跑上几个月,一天不得跑时,腿便发痒。人类为理性的动物,"学问欲"原是固有本能之一种;只怕你出了学校便和学问告辞,把所有经管学问的器官一齐打落冷宫，把学问的胃弄坏了，便山珍海味摆在面前也不愿意动筷子。诸君啊！诸君倘若现在从事教育事业或将来想从事教育事业，自然没有问题，很多机会来培养你学问胃口。若是做别的职业呢？我劝你每日除本业正当劳作之外，最少总要腾出一点钟，研究你所嗜好的学问。一点钟哪里不消耗了？千万别要错过，闹成"学问胃弱"的征候，白白自己剥夺了一种人类应享之特权啊！

第三，深入的研究：趣味总是慢慢的来，越引越多；像倒吃甘蔗，越往下才越得好处。假如你虽然每天定有一点钟做学问，但不过拿来消遣消遣，不带有研究精神，趣味便引不起来。或者今天研究这样明天研究那样，趣味还是引不起来。趣味总是藏在深处，你想得着，便要入去。这个门穿一穿，那个窗户张一张，再不会看见"宗庙之美，百官之富"，如何能有趣味？我方才说："研究你所嗜好的学问"，嗜好两个字很要紧。一个人受过相当的教育之后，无论如何，总有一两门学问和自己脾胃相合，而已经懂得大概可以作加工研究之预备的，请你就选定一门作为终身正业（指从事学者生活的人说）或作为本业劳作以外的副业（指从事其他职业的人说）。不怕范围窄，越窄越便于聚精神；不怕问题难，越难越便于鼓勇气。你只要肯一层一层的往里钻，我保你一定被他引到"欲罢不能"的地步。

第四，找朋友：趣味比方电，越摩擦越出。前两段所说，是靠我本身和学问本身相摩擦；但仍恐怕我本身有时会停摆，发电力便弱了。所以常常要仰赖别人帮助。一个人总要有几位共事的朋友，同时还要有几位共学的朋友。共事的朋友，用来扶持我的职业；共学的朋友和共顽的朋友同一性质，都是用来摩擦我的趣味。这类朋友，能够和我同嗜好一种学问的自然最好，我便和他研究。即或不然——他有他的嗜好，我有我的嗜好，只要彼此都有研究精神，我和他常常在一块或常常通信，便不知不觉把彼此趣味都摩擦出来了。得着一两位这种朋友，便算人生大幸福之一。我想只要你肯找,断不会找不出来。

　　我说的这四件事,虽然像是老生常谈,但恐怕大多数人都不曾会这样做。唉!世上人多么可怜啊!有这种不假外求,不会蚀本,不会出毛病的趣味世界,竟没有几个人肯来享受!古书说的故事"野人献曝",我是尝冬天晒太阳的滋味尝得舒服透了,不忍一人独享,特地恭恭敬敬的来告诉诸君。诸君或者会欣然采纳吧?但我还有一句话:太阳虽好,总要诸君亲自去晒,旁人却替你晒不来。

善 言

文 / 梁遇春

曾子说："人之将死，其言也善。"真的，人们糊里糊涂过了一生，到将瞑目的时候，常常冲口说出一两句极通达的，含有诗意的妙话。歌德以为小孩初生下来的呱呱一声是天上人间至妙的声音，我看弥留的模糊呓语有时会同样的值得玩味。前天买了一本梁巨川先生遗笔，夜里灯下读去，看到绝命书最后一句话"不完亦完"，掩卷之后大有"为之掩卷"之意。

宇宙这样子"大江流日夜"地不断的演进下去，真是永无完期，就说宇宙毁灭了，那也不过是它的演进里一个过程罢了。仔细看起来，宇宙里万事万物无一不是永逝不回，岂单是少女的红颜而已。人们都说花有重开之日，人无再少之时，可是今年欣欣向荣的万朵娇红艳不是去年那一万朵。若是只要今年的花儿同去年的一样热闹，就可以算去年的花是青春长存，那么世上岂不是无时无刻都有那么多的少男少女，又何取乎惋惜。此刻的宇宙再过多少年后会完全换个面目，那么这个宇宙岂不是毁灭了吗，所谓长生也就是灭亡的意思，因为已非那么一回事了。十岁的我与现在的我是全异其趣的，那么我也可以说已经夭折了。宗教家斤斤于世界末日之说，实在世界每一日都是末日。人世的圣人虽然看得透这两面道理，却只微笑地说"生生之谓易"，这也是中国人晓得凑趣的地方。但是我却觉得把生死这方面也揭破，看清这里面的玲珑玩意儿，却更妙得多。晓得了我们天天都是死去，那么也懒得去干自杀这件麻烦的勾当了。那时我们做人就达到了吃鸡蛋的禅师和喝酒的鲁智深的地步了，多么大方呀，向着天下善男信女唱个大喏！

这些话并不是劝人们袖手不做事，天下真正做出事情的人们都是知其不可而为之。诸葛亮心里恐怕是雪亮的，也晓得他总弄不出玩意儿来，然而他却肯"鞠躬尽瘁，死而后已"。这叫作"做人"。若使你觉无事此静坐是最值得干的事情，那也何妨做了一生的因是子，就是没有面壁也是可以的。总之，天下事不完亦完，完亦不完，顾着自己的心情在这个梦幻的世界去建筑起一个梦的宫殿吧，的确，一天也该运些砖头，明眼人无往而不自得，就是因为他知道天下事无一值得执着的，可是高僧也喜欢拿一串数珠，否则他们就是草草此生了。

论说话的多少

文 / 朱自清

圣经贤传都教我们少说话，怕的是惹祸，你记得金人铭开头就是"古之慎言人也。戒之哉！戒之哉！无多言！多言多败。"岂不森森然有点可怕的样子。再说，多言即使不惹祸，也不过颠倒是非，决非好事。所以孔子称"仁者，其言也讱"，又说"恶夫佞者"。苏秦张仪之流以及后世小说里所谓"掉三寸不烂之舌"的辩士，在正统派看来，也许比佞者更下一等。所以"沉默寡言""寡言笑"，简直就成了我们的美德。

圣贤的话自然有道理，但也不可一概而论。假如你身居高位，一个字一句话都可影响大局，那自然以少说话，多点头为是。可是反过来，你如去见身居高位的人，那可就没有准儿。前几年南京有一位著名会说话的和一位著名不说话的都做了不小的官。许多人踌躇起来，还是说话好呢？还是不说话好呢？这是要看情形的：有些人喜欢说话的人，有些人不。有些事必得会说话的人去干，譬如宣传员；有些事必得少说话的人去干，譬如机要秘书。

至于我们这些平人，在访问，见客，聚会的时候，若只是死心眼儿，一个劲儿少说话，虽合于圣贤之道，却未见得就顺非圣贤人的眼。要是熟人，处得久了，彼此心照，倒也可以原谅的；要是生人或半生半熟的人，那就有种种看法。他也许觉得你神秘，仿佛天上眨眼的星星；

也许觉得你老实,所谓"仁者其言也讱";也许觉得你懒,不愿意卖力气;也许觉得你利害,专等着别人的话(我们家乡称这种人为"等口");也许觉得你冷淡,不容易亲近;也许觉得你骄傲,看不起他,甚至讨厌他。这自然也看你和他的关系,以及你的相貌神气而定,不全在少说话;不过少说话是个大原因。这么着,他对你当然敬而远之,或不敬而远之。若是你真如他所想,那倒是"求仁得仁";若是不然,就未免有点冤哉枉也。民国十六年的时候,北平有人到汉口去回来,一个同事问他汉口怎么样。他说:"很好哇,没有什么。"话是完了,那位同事只好点点头走开。他满想知道一点汉口的实在情形,但是什么也没有得着;失望之余,很觉得人家是瞧不起他哪。但是女人少说话,却当别论;因为一般女人总比男人害臊,一害臊自然说不出什么了。再说,传统的压迫也太利害;你想男人好说话,还不算好男人,女人好说话还了得!(王熙凤算是会说话的,可是在《红楼梦》里,她并不算是个好女人)可是——现在若有会说话的女人,特别是压倒男人的会说话的女人,恭维的人就一定多;因为西方动的文明已经取东方静的文明而代之,"沉默寡言"虽有时还用得着,但是究竟不如"议论风生"的难能可贵了。

说起"议论风生",在传统里原来也是褒辞。不过只是美才,而不是美德;若是以德论,这个怕也不足重轻罢。现在人也还是看作美才,只不过看得重些罢了。

"议论风生"并不只是口才好;得有材料,有见识,有机智才成——口才不过机智,那是不够的。这个并不容易办到;我们平人所能做的只是在普通情形之下,多说几句话,不要太冷落场面就是。——许多人喝下酒时生气时爱说话,但那是往往多谬误的。说话也有两路,一是游击式,一是包围式。有一回去看新从欧洲归国的两位先生,他们都说了许多话。甲先生从客人的话里选择题目,每个题目说不上几句话就牵引到别的上去。当时觉得也还有趣,过后却什么也想不出。乙先生也从客人的话里选题目，可是他却粘在一个题目上，只叙说在欧洲的情形。他并不用什么机智，可是说得很切实，让客人觉着有所得而去。他的殷勤，客人在口头在心上，都表示着谢意。

普通说话大概都用游击式；包围式组织最难，多人不能够，也不愿意去尝试。再说游击式可发可收，爱听就多说些，不爱听就少说些；我们这些人许犯贫嘴到底还不至于的。要说像"哑妻"那样，不过是法朗士的牢骚，事实上大致不会有。倒是有像老太太的，一句话重三倒四地说，也不管人家耳朵里长茧不长。这一层最难，你得记住哪些话在哪些人面前说过，才不至于说重了。有时候最难为情的是，你刚开头儿，人家就客客气气地问："啊，后来是不是怎样怎样的？"包围式可麻烦得多。最麻烦的是人多的时候，说得半半拉拉的，大家或者交头接耳说他们自己的私话，或者打盹儿，或者东看看西看看，轻轻敲着指头想别的，或者勉强打起精神对付着你。这时候你一个人霸占着全场，说下去太无聊，不说呢，又收不住，真是骑虎之势。大概这种说话，人越多，时候越不宜长；各人的趣味不同，决不能老听你的——换题目另说倒成。说得也不宜太慢，太慢了怎么也显得长。曾经听过两位著名会说话的人说故事，大约因为唤起注意的缘故罢，加了好些个助词，慢慢地叙过去，足有十多分钟，算是完了；大家虽不至疲倦，却已暗中着急。声音也不宜太平，太平了就单调；但又丝毫不能做作。这种说话只宜叙说或申说，不能掺一些教导气或劝导气。长于演说的人往往免不了这两种气味。有个朋友说某先生口才太好，教人有戒心，就是这个意思。所以包围式说话要靠天才，我们平人只能学学游击式，至多规模较大而已。——我们在普通情形之下，只不要像林之孝家两口子"一锥子扎不出话来"，也就行了。

要面子不要脸

文 / 杜重远

仿佛是南开大学校长张伯苓先生说的话:"中国人要面子不要脸。"这句话是万分真确的。

原来面子和脸是完全不同的两件东西。中国旧戏里有一套脸谱,这花花绿绿的脸谱就是"面子",而真正的脸却反不能辨认清楚了。做戏子的只要上台的时候,脸谱弹得像个样子,至于真正的脸,长得好看不好看,那是不相干的。其实中国人一切都如此:只要保全面子,丢脸却全不在乎。阿Q就是一个代表。所以挨人打不要紧,但在背后却要说一句"儿子打老子",这样虽丢了脸,面子却是有了。所以要面子不要脸是中国人一般的人生哲学。

就整个中国社会来看,亦无不如此。在大城市里,工商业不景气,破产倒闭的事,层见迭出,但是酒馆舞场还是一样地热闹,在乡村里,贪穷到不堪,肚子发生了问题,但婚丧的仪式,迷信的陋习,依然大事铺张,为的是不肯丢掉面子。

学生们念书,只求得到一张文凭,却不想求一些实学。教师们习染官僚的恶习,夤缘奔走,只求以做大学教授为荣,而贻误子弟却可以不问。这都是中了要面子不要脸的毒。

说工商界罢。年来国货两字是最时髦没有了。但是着实有许多不要脸的商人们,将大批仇货,印上国货商标,到处兜销。财是发了,面子是有了。但是做了卖国的奸商，却满不在乎！

军人总算是中国的天之骄子了。大将军出门，八面威风，黄呢服，黑马靴，白缨帽，金丝眼镜，高车骏马，前呼后应，场面可谓十足矣。然而四省沦陷的时候，从未闻有半个将军阵亡或负伤，死掉的只不过是一群小百姓。

谈到政治，更足痛心。从前历史上所描写的政治不良，不过是如何夤缘，如何奔走而已。今则花样百出，中西兼用。记者在东北时曾见一批政客，来自南方，携名花，扶艳女，或称为妻，或称为妹，或称为亲爱的女儿，专为结识权贵，献媚当局。昼则高尔夫，夜则狐步舞。乌烟瘴气，黑漆一团。待其鬼计既售，官运亨通，简任到手，局长实现。于是一掷千金，挥霍无度。面子大则大矣，脸不知其何有？

还有洋场十里的高等华人们，拍惯了洋大人的马屁，把帝国主义者当作自己祖宗。说中国不亡无天理。这些人在租界里住洋房，坐汽车，"高等"则"高等"矣，但是说到脸，他们实在要向着没有面子的人力车夫们说一声惭愧。

不必再多说了。总之，要面子不要脸这六字，包括尽了中国人的劣根性：政治的窳败，经济的破产，东北的失陷，边境的沦亡，都是由于要面子不要脸这一种人生哲学的缘故，所以要救中国必先革除这种亡国的人生哲学。

论诚意

文 / 朱自清

诚伪是品性，却又是态度。从前论人的诚伪，大概就品性而言。诚实，诚笃，至诚，都是君子之德；不诚便是诈伪的小人。品性一半是生成，一半是教养；品性的表现出于自然，是整个儿的为人。说一个人是诚实的君子或诈伪的小人，是就他的行迹总算账。君子大概总是君子，小人大概总是小人。虽然说气质可以变化，盖了棺才能论定人，那只是些特例。不过一个社会里，这种定型的君子和小人并不太多，一般常人都浮沉在这两界之间。所谓浮沉，是说这些人自己不能把握住自己，不免有诈伪的时候。这也是出于自然。还有一层，这些人对人对事有时候自觉的加减他们的诚意，去适应那局势。这就是态度。态度不一定反映出品性来；一个诚实的朋友到了不得已的时候，也会撒个谎什么的。态度出于必要，出于处世的或社交的必要，常人是免不了这种必要的。这是世故人情的一个项目。有时可以原谅，有时甚至可以容许。态度的变化多，在现代多变的社会里也许更会使人感兴趣些。我们嘴里常说的，笔下常写的诚恳诚意和虚伪等词，大概都是就态度说的。

但是一般人用这几个词似乎太严格了一些。照他们的看法，不诚恳无诚意的人就未免太多。而年轻人看社会上的人和事，除了他们自己以外差不多尽是虚伪的。这样用虚伪那个词，又似乎太宽泛了一些。这些跟老先生们开口闭口说"人心不古，世风日下"同样犯了笼统的毛病。

一般人似乎将品性和态度混为一谈，年轻人也如此，却又加上了天真纯洁种种幻想。诚实的品性确是不可多得，但人孰无过，不论哪方面，完人或圣贤总是很少的。我们恐怕只能宽大些，卑之无甚高论，从态度上着眼。不然无谓的烦恼和纠纷就太多了。至于天真纯洁，似乎只是儿童的本分——老气横秋的儿童实在不顺眼。可是一个人若总是那么天真纯洁下去，他自己也许还没有什么，给别人的麻烦却就太多。有人赞美童心孩子气，那也只限于无关大体的小节目，取其可以调剂调剂平板的氛围气。若是重要关头也如此，那时天真恐怕只是任性，纯洁恐怕只是无知罢了。幸而不诚恳，无诚意，虚伪等等已经成了口头禅，一般人只是跟着大家信口说着，至多皱皱眉，冷笑笑，表示无可奈何的样子就过去了。自然也短不了认真的，那却苦了自己，甚至于苦了别人。年轻人容易认真，容易不满意，他们的不满意往往是社会改革的动力。可是他们也得留心，若是在诚伪的分别上认真得过了分，也许会成为虚无主义者。

人与人事与事之间各有分际，言行最难得恰如其分。诚意是少不得的，但是分际不同，无妨斟酌加减点儿。种种礼数或过场就是从这里来的。有人说礼是生活的艺术，礼的本意应该如此。日常生活里所谓客气，也是一种礼数或过场。有些人觉得客气太拘形迹，不见真心，不是诚恳的态度。这些人主张率性自然。率性自然未尝不可，但是得看人去。若是一见生人就如此这般，就有点野了。即使熟人，毫无节制的率性自然也不成。夫妇算是熟透了的，有时还得相敬如宾，别人可想而知。总之，在不同的局势下，率性自然可以表示诚意，客气也可以表示诚意，不过诚意的程度不一样罢了。客气要大方，合身份，不然就是诚意太多；诚意太多，诚意就太贱了。

看人，请客，送礼，也都是些过场。有人说这些只是虚伪的俗套，无聊的玩意儿。但是这些其实也是表示诚意的。总得心里有这个人，才会去看他，请他，送他礼，这就有诚意了。至于看望的次数，时间的长短，请作主客或陪客，送礼的情形，只是诚意多少的分别，不是有无的分别。看人又有回看，请客有回请，送礼有回礼，也只是回答诚意。古语说得好，来而不往非礼也，无论古今，人情总是一样的。有一个人送年礼，转来转去，自己送出去的礼物，有一件竟又回到自己手里。他觉得虚伪无聊，当作笑谈。笑谈确乎是的，但是诚意还是有的。又一个人路上遇见一个本不大熟的朋友向他说，我要来看你。这个人告诉别人说，他用不着来看我，我也知道他不会来看我，你瞧这句话才没意思哪！那个朋友的诚意似乎是太多了。凌叔华女士写过一个短篇小说，叫做《外国规矩》，说一位青年留学生陪着一位旧家小姐上公园，尽招呼她这样那样的。她以为让他爱上了，哪里知道他行的只是外国规矩！这喜剧由于那位旧家小姐不明白新礼数，新过场，多估量了那位留学生的诚意。可见诚意确是有分量的。

人为自己活着，也为别人活着。在不伤害自己身份的条件下顾全别人的情感，都得算是诚恳，有诚意。这样宽大的看法也许可以使一些人活得更有兴趣些。西方有句话，人生是做戏。做戏也无妨，只要有心往好里做就成。客气等等一定有人觉得是做戏，可是只要为了大家好，这种戏也值得做的。另一方面，诚恳，诚意也未必不是戏。现在人常说，我很诚恳的告诉你，我是很有诚意的，自己标榜自己的诚恳，诚意，大有卖瓜的说瓜甜的神气，诚实的君子大概不会如此。不过一般人也已习惯自然，知道这只是为了增加诚意的分量，强调自己的态度，跟买卖人的吆喝到底不是一回事儿。常人到底是常人，得跟着局势斟酌加减他们的诚意，变化他们的态度；这就不免沾上了些戏味。西方还有句话，诚实是最好的政策，诚实也只是态度；这似乎也是一句戏词儿。

多反省少陶醉

文 / 胡适

这一期（《独立》一零三期）里有寿生先生的一篇文章，题为"我们要有信心"。

在这文里，他提出一个大问题：中华民族真不行吗？他自己的答案是：我们是还有生存权的。

我很高兴我们的青年在这种恶劣空气里还能保持他们对于国家民族前途的绝大信心。这种信心是一个民族生存的基础，我们当然是完全同情的。

可是我们要补充一点：这种信心本身要建筑在稳固的基础之上，不可站在散沙之上，如果信仰的根据不稳固，一朝根基动摇了，信仰也就完了。

寿生先生不赞成那些旧人"拿什么五千年的古国哟，精神文明哟，地大物博哟，来遮丑"，这是不错的。然而他自己提出的民族信心的根据，依我看来，文字上虽然和他们不同，实质上还是和他们同样的站在散沙之上，同样的挡不住风吹雨打。例如他说：我们今日之改进不如日本之速者，就是因为我们的固有文化太丰富了。富于创造性的人，个性必强，接受性就较缓。

这种思想在实质上和那五千年古国精神文明的迷梦是同样的无稽的夸大。第一，他的原则"富于创造性的人，个性必强，接受性就较缓"，这个大前提就是完全无稽之谈，就是懒惰的中国士大夫捏造出来替自己遮丑的胡说。事实上恰是相反的：凡富于创造性的人必敏于模仿，凡不善模仿的人决不能创造。创造是一个最误人的名词，其实创造只是模仿到十足时的一点点新花样。古人说的最好："太阳之下，没有新的东西。"一切所谓创造都从模仿出来。我们不要被新名词骗了。新名词的模仿就是旧名词的"学"字："学之为言效也"是一句不磨的老话。例如学琴，必须先模仿琴师弹琴；学画必须先模仿画师作画；就是画自然界的景物，也是模仿。模仿熟了，就是学会了，工具用的熟了，方法练的细密了，有天才的人自然会"熟能生巧"，这一点功夫到时的奇巧新花样就叫做创造。凡不肯模仿，就是不肯学人的长处。不肯学如何能创造？伽利略（Glileo）听说荷兰有个磨镜匠人做成了一座望远镜，他就依他听说的造法，自己制造了一座望远镜。这就是模仿，也就是创造。从十七世纪初年到如今，望远镜和显微镜都年年有进步，可是这三百年的进步，步步是模仿，也步步是创造。一切进步都是如此：没有一件创造不是先从模仿下手的。孔子说的好：三人行，必有我师焉。择其善者而从之，其不善者而改之。

这就是一个圣人的模仿。懒人不肯模仿，所以决不会创造。一个民族也和个人一样，最肯学人的时代就是那个民族最伟大的时代；等到他不肯学人的时候，他的盛世已过去了，他已走上衰老僵化的时期了，我们中国民族最伟大的时代，正是我们最肯模仿四邻的时代：从汉到唐宋，一切建筑、绘画、雕刻、音乐、宗教、思想、算学、天文、工艺，哪一件里没有模仿外国的重要成分？佛教和他带来的美术建筑，不用说了。从汉朝到今日，我们的历法改革，无一次不是采用外国的新法；最近三百年的历法是完全学西洋的，更不用说了。到了我们不肯学人家的好处的时候，我们的文化也就不进步了。我们到了民族中衰的时代，只有懒劲学印度人的吸食鸦片，却没有精力学满洲人的不缠脚，那就是我们自杀的法门了。

第二，我们不可轻视日本人的模仿。寿生先生也犯了一般人轻视日本的恶习惯，抹杀日本人善于模仿的绝大长处。日本的成功，正可以证明我在上文说的"一切创造都从模仿出来"的原则。寿生说：从唐以至日本明治维新，千数百年间，日本有一件事足为中国取镜者吗？中国的学术思想在她手里去发展改进过吗？我们实无法说有。

这又是无稽的诬告了。三百年前，朱舜水到日本，他居留久了，能了解那个岛国民族的优点，所以他写信给中国的朋友说，日本的政治虽不能上比唐虞，可以说比得上三代盛世。这是一个中国大学者在长期寄居之后下的考语，是值得我们的注意的。日本民族的长处全在他们肯一心一意的学别人的好处。他们学了中国的无数好处，但始终不曾学我们的小脚，八股文，鸦片烟。这不够"为中国取镜"吗？他们学别国的文化，无论在那一方面，凡是学到家的，都能有创造的贡献。这是必然的道理。浅见的人都说日本的山水人物画是模仿中国的；其实日本画自有他的特点，在人物方面的成绩远胜过中国画，在山水方面也没有走上四王的笨路。在文学方面，他们也有很大的创造。近年已有人赏识日本的小诗了。我且举一个大家不甚留意的例子。文学史家往往说日本的《源氏物语》等作品是模仿中国唐人的小说《游仙窟》等画的。现今《游仙窟》已从日本翻印回中国来了，《源氏物语》也有了英国人卫来先生（Athur walcy）的五巨册的译本。我们若比较这两部画，就不能不惊叹日本人创造力的伟大。如果"源氏"真是从模仿《游仙窟》出来的，那真是徒弟胜过师傅千万倍了！寿生先生原文里批评日本的工商业，也是中了成见的毒。日本今日工商业的长足发展，虽然也受了生活程度比人低和货币低落的恩惠，但他的根基实在是全靠科学与工商业的进步。今日大阪与兰肯歇的竞争，骨子里还是新式工业与旧式工业的竞争。日本今日自造的纺织器是世界各国公认为最新最良的。今日英国纺织业也不能不购买日本的新机器了。这是从模仿到创造的最好的例子。不然，我们工人的工资比日本更低，货币平常也比日本钱更贱，为什么我们不能"与他国资本家抢商场"呢？我们到了今日，若还要抹煞事实，笑人模仿，而自居于"富于创造性者"的不屑模仿，那真是盲目的夸大狂了。

第三，再看看"我们的固有文化"是不是真的"太丰富了"。寿生和其他夸大本国固有文化的人们，如果真肯平心想想，必然也会明白这句话也是无根的乱谈。

这个问题太大，不是这篇短文里所能详细讨论的，我只能指出几个比较重要之点。使人明白我们的固有文化实在是很贫乏的，谈不到"太丰富"的梦话。近代的科学文化，工业文化，我们可以撇开不谈，因为在那些方面，我们的贫乏未免太丢人了。

我们且谈谈老远的过去时代罢。我们的周秦时代当然可以和希腊罗马相提并论，然而我们如果平心研究希腊罗马的文学，雕刻，科学，政治，单是这四项就不能不使我们感觉我们的文化的贫乏了。尤其是造形美术与算学的两方面，我们真不能不低头愧汗。我们试想想，"几何原本"的作者欧几里得正和孟子先后同时；在那么早的时代，在二千多年前，我们在科学上早已大落后了！（少年爱国的人何不试拿《墨子》"经上篇"里的三五条几何学界说来比较"几何原本"？）从此以后，我们所有的，欧洲也都有；我们所没有的，人家所独有的，人家都比我们强。试举一个例子：欧洲有三个一千年的大学，有许多个五百年以上的大学，至今继续存在，继续发展，我们有没有？至于我们所独有的宝贝，骈文，律诗，八股，小脚，太监，姨太太，五世同居的大家庭，贞节牌坊，地狱活现的监狱，廷杖，板子夹棍的法庭……虽然"丰富"，虽然"在这世界无不足以单独成一系统"，究竟都是使我们抬不起头来的文物制度。即如寿生先生指出的"那更光辉万丈"的宋明理学，说起来也真正可怜！讲了七八百年的理学，没有一个理学圣贤去指出裹小脚是不人道的野蛮行为,只见大家崇信"饿死事极小,失节事极大"的吃人礼教:请问那万丈光辉究竟照耀到那里去了?

以上说的,都只是略略指出寿生先生代表的民族信心是建筑在散沙上面,经不起风吹草动,就会倒塌下来的。信心是我们需要的,但无根据的信心是没有力量的。

可靠的民族信心,必须建筑在一个坚固的基础之上,祖宗的光荣自是祖宗之光荣,不能救我们的痛苦羞辱。何况祖宗所建的基业不全是光荣呢?我们要指出:我们的民族信心必须站在"反省"的唯一基础之上。反省就是要闭门思过,要诚心诚意的想,我们祖宗的罪孽深重,我们自己的罪孽深重;要认清了罪孽所在,然后我们可以用全副精力去消灾灭罪。寿生先生引了一句"中国不亡是无天理"的悲叹词句,他也许不知道这句伤心的话是我十三四年前在中央公园后面柏树下对孙伏园先生说的,第二天被他记在《晨报》上,就流传至今。我说出那句话的目的,不是要人消极,是要人反省;不是要人灰心,是要人起信心,发下大弘誓来忏悔;来替祖宗忏悔,替我们自己忏悔;要发愿造新因来替代旧日种下的恶因。

今日的大患在于全国人不知耻。所以不知耻者,只是因为不曾反省。一个国家兵力不如人,被人打败了,被人抢夺了一大块土地去,这不算是最大的耻辱。一个国家在今日还容许整个的省分遍种鸦片烟,一个政府在今日还要依靠鸦片烟的税收——公卖税,吸户税,烟苗税,过境税——来做政府的收入的一部分,这是最大的耻辱。一个现代民族在今日还容许他们的最高官吏公然提倡什么"时轮金刚法会""息灾利民法会"这是最大的耻辱。一个国家有五千年的历史,而没有一个四十年的大学,甚至于没有一个真正完备的大学,这是最大的耻辱。一个国家能养三百万不能捍卫国家的兵,而至今不肯计划任何区域的国民义务教育,这是最大的耻辱。

真诚的反省自然发生真诚的愧耻。孟子说的好："不耻不若人，何若人有？"真诚的愧耻自然引起向上的努力，要发弘愿努力学人家的好处，铲除自家的罪恶。经过这种反省与忏悔之后，然后可以起新的信心：要信仰我们自己正是拨乱反正的人，这个担子必须我们自己来挑起。三四十年的天足运动已经差不多完全铲除了小脚的风气：从前大脚的女人要装小脚，现在小脚的女人要装大脚了。风气转移的这样快，这不够坚定我们的自信心吗？

历史的反省自然使我们明了今日的失败都因为过去的不努力，同时也可以使我们格外明了"种瓜得瓜，种豆得豆"的因果铁律。铲除过去的罪孽只是割断以往种下的果。我们要收新果，必须努力造新因。祖宗生在过去的时代，他们没有我们今日的新工具，也居然能给我们留下了不少的遗产。"我们今日有了祖宗不曾梦见的种种新工具，当然应该有比祖宗高明千百倍的成绩，才对得起这个新鲜的世界。日本一个小岛国，那么贫瘠的土地，那么少的人民，只因为伊藤博文、大久保利通、西乡隆盛等几十个人的努力，只因为他们肯拼命地学人家，肯拼命地用这个世界的新工具，居然在半个世纪之内一跃而为世界三五大强国之一。这不够鼓舞我们的信心吗？

反省的结果应该使我们明白那五千年的精神文明。那"光辉万丈"的宋明理学，那并不太丰富的固有文化，都是无济于事的银样蜡枪头。我们的前途在我们自己的手里。我们的信心应该望在我们的将来。我们的将来全靠我们下什么种，出多少力。"播了种一定会有收获，用了力决不至于白费"——这是翁文灏先生要我们有的信心。

传承国学,续领风骚

文 / 流马

作为一个泱泱大国,斗转星移,中国经历了几千年的风云变幻。也正是这样一段历史,创造了无数灿烂多姿的文化,其中汉语又当属文化之最。而古时的汉语,便是如今的文言文。中国人面对文言文,更应以全新的认知和求知求真的态度去解释文言文,探求国学的精髓,引领当代风骚。

如今,台湾教育主管已在 2010 年高中语文课纲草案中增加文言文比重,并增设"国学常识",可见对于国学,台湾人民高度重视且更加热情。而放眼大陆,几乎没有多少中学生能全面了解一个虚词的全部用法,甚至将现今汉语与其混淆而不知所措。从自身读文言文来讲,对一个虚词或实词总是反复多遍地读却仍不得其中要领。以"也"字为例,有陈述语气,反诘语气,判断语气……多种语气纵然熟记于心,一旦套用进现实文言文,则完全不能准确解释其中的奥妙与区别。对于文言文的重视也不是很高,总是有侥幸猜疑的想法。面对此情此景,国学之路,何去何从?

然而,仍然还是有不少人在国学之路上孜孜不倦,勤恳探索。易中天、于丹都因将《三国演义》《论语》等经典篇目在新时代背景下解读而一炮走红。这并非是一时的崇拜或者明星效应,这是国人对其在国学上研究成果的认可。其实对于文言文,只要细细地品读,以史实文献为辅助材料,便会发现汉语中的趣味与精华。例如古诗"僧敲月下门"中对一个"敲"字仔细斟酌,其较之于"推"字,更好在于更能反衬出山中的宁静、幽然。研究国学,很能提高一个人的理性认识和对事物的把握能力。其实偶尔一杯茶、一张椅,卧读《论语》,会让人在品味国学中享受一份寂寞的清福,感受到先哲的思想。对于处理人内心苦闷和人与人之间的关系也是益处颇多。

面对当今时代,学习国学更应理解季老先生的思想。国学学习绝不是简单重复,更要以现代理念去研究发展国学,不能过于娱乐化与商业化。正如平时学习文言文,绝不是简单的熟记课文、死记实虚词的意思,而是研究每一个字词的背景与来源,深入理解文言文的时代背景和主张思想,活学活用。好比研读《论语》了解孔子的思想与主张,用孔子和谐的思想处理当今面对的全球化问题,使国学永葆生机。

昭君叹

文 / 尹宗国

中国历史上有过无数美女,但最负盛名的是西施、昭君、貂蝉、杨玉环,据说她们的美丽可以"沉鱼、落雁、闭月、羞花"。似乎女人美到极点,便理所当然地应该有些灵异,成为身具法力的人间仙女。只是这四大美女中,有三位只能"秀外",难以"慧中",虽然天生丽质,但却红颜祸水,所以千百年来总是让人说长道短。只有王昭君,当年为了和亲毅然策马出塞,以她的美丽和胆识,不仅赢得了一座几十米高的青冢,更赢得了无数文人的笔墨和世人的眼泪。

关于昭君出塞,历来众说不一。据《后汉书·南匈奴列传》记载:"时呼韩邪来朝,帝敕以宫女五人赐之。昭君入宫数岁,不得见御,积悲怨,乃请掖庭令求行。呼韩邪临辞大会,帝召五女以示之。昭君丰容靓饰,光明汉宫,顾影徘徊,竦动左右。帝见大惊,意欲留下,而难于失信,遂与匈奴。"从这里来看,昭君出塞完全是自觉自愿,既非汉元帝的旨意,也非哪个人的策动,只是处于一个年轻女孩的赌气。"貌为后宫第一"却得不到想当然的宠幸,宫花寂寞红,多少怨恨,多少悲情。更何况,既入冷宫,何日出头?倒不如去塞外碰碰运气。

昭君出塞之后,茫茫大漠,悲风萧条,一切远远难比汉朝。可贵的是她能积极适应异域生活,自觉遵从胡俗,照应内外,生儿育女,很好地落实了汉朝的和亲政策。她劝呼韩邪单于不要去发动战争,还把中原的文化传给匈奴,使过去烽火不断的北部边境,出现了长达半个世纪的安定局面。这种巨大的作用,从某种意义上说,超越了那些仗钺拼杀的将军,以及摇唇鼓舌的外交使臣们。南宋学者许斐有诗赞道:"汉家眉斧息边臣,功压貔貅百万人。"一个柔弱的美丽女子,事实上成了一道最坚固的长城。

作为美女，王昭君是不幸的，她不但没有得到那位"多才艺，善史书，鼓琴瑟，吹洞箫"的汉元帝的宠幸，后来当呼韩邪单于去世后，她又遵从胡俗，再嫁给丈夫前妻的长子，以耻辱的婚姻继续维系着汉匈和睦。作为宫女，王昭君又是幸运的。后宫深深深几许？自古有多少佳丽终生无缘亲近君王，只好在寂寞中幽死深宫。而昭君出塞的结果，既远离了汉宫内妃嫔们明争暗斗的残酷现实，避免了伴君如伴虎的悲惨命运，同时，她在匈奴的地位相当于正宫娘娘，相比那些侍诏深宫内、花开花落独自悲者，可谓幸运之极了。白居易在《王昭君》诗中说："君王若问妾颜色，莫道不如宫里时。"王安石的《明妃曲》也写道："家人万里传消息，好在毡城莫相忆。君不见咫尺长门闭阿娇，人生失意无南北。"这些虽然都是后人的代笔语气，却揭示出了或许王昭君当时的一种本来心态，当初留在汉宫有什么好呢！在匈奴的尊贵是和当皇后一样啊。

从当初的主动出塞和亲，到出塞之后的息争止战，红尘悲喜，如梦如戏，命运在无形之中将她推向了历史的高度。元代诗人赵介认为王昭君的功劳，不亚于汉朝名将霍去病。昭君出塞的故事，更成为中国历史上流传不衰的民族团结的佳话。统统这些，对于一个凡俗女子来说，应该是始料未及的吧。而这其中的关键，似乎要归结到她当时的赌气上，委实令人嗟叹不已。其实细究之下，也不足为怪，中国人向来是喜欢赌气的，自古因赌气而大成大败的人不胜枚举，真的是一气之下功德无量，一气之下罪孽无穷。只是，王昭君的赌气，让她幸运地把美丽的作用发挥到了惠及苍生的程度，从这层面上说，王昭君应该当之无愧地成为中国历史第一美女。对此，若她泉下有知，想必也会感慨万端，临风浩叹！

做一个尽忠职守的人

——读《钟的生日》有感

文/彭雅欣

吃过早饭,我随手翻开一本新买的2011年第11期的《意林童话》,目录中一个标题——《钟的生日》吸引住了我。"钟也会过生日?"带着这个疑问,我赶紧翻到这篇文章看了起来……

原来,故事里有一面十分准确的钟。在它快要死时,钟神告诉它:只要它倒退十五分,它就能变得和钟神手中所画的钟一模一样,获得重生,因为这是钟一生只有一次的生日。尽管希望重生,但为了不让人们工作误点,那面尽忠职守的钟最后还是一次次地错过了重生的机会,并最终用自己的生命给人们带来正确的时间——因为它觉得这是它的职责。文章中,钟的那种不把快乐建立在别人的痛苦之上的品质让我敬佩,钟的那种舍己为人的精神让我流泪,钟的那忠于职守精神更让我热血沸腾!

读完这篇文章,我感慨万分。现在还有多少人有钟的这种精神?很少!一百个人里恐怕有超过九十个人都只为自己着想,只有不到十人会考虑照顾别人的感受——有钟这种精神的人恐怕是少之又少了!

读完这篇文章,发生在我身上的那件事又浮现在眼前。那次,数学老师叫我和小朵同学去改试卷。我改三四组,小朵改一二组。当我改到一半时，旁边的小朵同学已经改完了，老师忙表扬她："你真厉害！那么快就改完了！值得表扬！"听到老师的表扬，小朵将手放在背后朝我做了个了不得的动作——全班人都知道，她只要受到一点点表扬就会到处炫耀。为了"打击"她的嚣张气焰，为了维护自己在老师那里的良好形象，在虚荣心的促使下，我居然鬼使神差地三下两下就把剩下的没改完的试卷改完了。至于改得怎么样，不说你也知道了。当时老师因为忙其他的事，也没细看就表扬了我一番。

　　然而，纸是包不住火的。那天上课一发下试卷后，数学老师就一连接到几个同学的"投诉"，说这改错了，那改错了。没费什么周折，老师拿起卷子一看就知道全是我干的。但为了给我面子，他没当全班人的面批评我，只是瞪了我一眼，就继续讲评试卷了。当时，我真想找个地缝钻进去。为了自己的面子和快乐，我居然就这样把同学一个单元的考核当儿戏玩，从没想过这样有可能会让他们挨家长的骂，甚至因此上那些不必要的补习班。既对不起同学，更对不老师——老师那么信任我，我却这么不负责，真是不应该！

　　《钟的生日》让我懂了许多。以后，我一定要向童话里的那面钟学习，学习它那尽忠职守的精神，做一个尽忠职守的人！

用毅力抗拒生命中的"不可能"

摘编 / 王勇

有一个叫特莱艾·特伦恩特（Tererai Trent）的非洲农村女孩，从小就梦想着能出国留学读完硕士和博士。然而，在贫困的非洲，这不过是她一个美丽而难以实现的梦想而已。

她只读了小学一年级，就被父亲打发回家。辍学后的特莱艾在帮助母亲忙家务，帮父亲忙农活之余便是在自己家里的小桌前梦想上学的情景。每天哥哥放学，特莱艾总是迫不及待地翻开哥哥的书包，缠着哥哥将课堂听讲的内容对她讲一遍，然后，在自己的小桌上将老师布置给哥哥的作业自己做一遍。

特莱艾做功课的小桌不过是一块只有膝盖高、台面坑洼的大石头。就是在这块石头上，特莱艾用一张小纸写下了自己的四个梦想——出国留学、读完学士、硕士和博士。然后，她按照非洲人的传统将写着这四个梦想的纸条放进一个瓦罐里，埋在家门口的这块大石旁。

当特莱艾的哥哥总是能按时按质交上整洁的功课，在课堂上却答不出老师提问时，小学老师意识到，是妹妹一直在帮哥哥做功课。

小学老师恳求特莱艾的爸爸让她重新回到学校。然而，父亲丝毫不为所动：何必在有朝一日要被嫁出扫地出门的女孩身上花学费呢？尤其是家里还有未来能为父母挣钱养老的男孩需要上学。

年仅十一岁，父亲便把特莱艾嫁给了在整段婚姻中不断打她的丈夫。此时此刻，人生机会的缺失让这位渴望受教育的女孩，正跻身发展中国家因为贫困辍学而提前荒废的七千五百万中的一员，正如我国农村许多辍学的贫困家庭孩子。

时光流逝，一晃十几年过去了，故事女主人公已经是五个孩子的母亲，年过三十依然贫困。正当梦想将被深埋非洲大地时，她等来了改变命运的时刻。一个国际援助组织的志愿者团队路过她居住的村庄。在与村中妇女交谈中，特莱艾向带头的一位志愿者乔·拉克女士道出自己的四个梦想。非常幸运的是，乔·拉克女士并没有对这位小学一年级文化程度的家庭妇女和这四个"荒谬透顶"的梦想轻描淡写地例行公事。而是告诉女主人公一句鼓舞人生的话——只要你有梦想，你就能实现。

千里之行始于足下，特莱艾从为国际援助组织工作开始，攒下工资开始攻读函授课程，从小学课程一直补到高中。1998年在国际援助组织的帮助下，她被美国奥克拉荷马州立大学录取进本科学习。但这怀揣录取通知书迈出国门对于绝大多数中国留学生已如轻舟的事情，对这位非洲女性来说，却异常艰难。

家里卖牛，邻居们卖羊，凑了4000美元的留学费用让特莱艾的美国留学梦终于成真。为了不丢下孩子，特莱艾不得不带上丈夫一行七人到美国留学。

然而，梦想是美好的，现实却是残酷的。很快，留学梦变成了噩梦，她在非洲的贫困生活变成了美国式的贫穷。微薄的助学金、上学的孩子加上无所事事的丈夫，一家人被迫挤在冰冷、残败破旧的车式房子里。很快，特莱艾开始到要在家门前的垃圾桶里找邻居丢弃的食物的地步，丈夫用拳打脚踢发泄着不满，孩子总是饥寒交迫。

特莱艾深知自己身上承载着非洲妇女和众多帮助过她的人们的寄望，不得不打几份工，利用一切时间学习，忍受家庭暴力和缺少睡眠。她的善良和才智打动了身边美国的人们，正当奥克拉荷马州立大学因为她交不起学费要开除她时，一位学校官员亲自干预并发动老师学生伸出援助之手。当地的慈善组织还定期向她捐出食品，国际援助组织为她提供房租补助，一位好心的沃尔玛超市员工总是用心地将刚刚过期的水果定点放在超市外边留给特莱艾。就这样，她实现了自己的两个梦想——留学美国和完成学士学位。

假如本科学士已如魔鬼般，那么，硕博课程只能更甚。特莱艾在美国西密执安州立大学开始学业时，不得不重新面对之前因家庭暴力而被美国移民局解递出境的丈夫。这时的丈夫已经到艾滋病晚期。接下来近一年多，特莱艾边上学，边照顾孩子，边关照从非洲被接回美国的丈夫直到他去世。

就这样，特莱艾用毅力和智慧抗拒着生命中的一个个"高度不可能"，实现了自己的全部梦想。2009年11月她作为美国媒体聚焦的人物，来到美国最著名的日间谈话节目《奥普拉秀》向世人讲述自己的故事。

非洲大陆艾滋病的现状激发了她完成关于非洲艾滋病预防的博士论文，并开始担当改变她命运的国际援助组织项目评估专家。最重要的，她在改变自身命运的过程中找到了属于自己的爱情。她与奥克拉荷马州立大学认识的一位病理学家马克·特伦恩特结为夫妻。

特莱艾·特伦恩特（Tererai Trent）颠覆了世上所有童话大师最灿烂的灵感和最狂野的梦想，向人们证明了只要有梦想，就有实现的希望，只要敢于用毅力去抗拒生命中的一个个"高度不可能"，就能最终实现自己的全部梦想！

听不懂外语的邓亚萍

摘编 / 许娟娟

她8岁就开始练球,只有小学二年级文化。在她24岁到了退役的年龄时,被当时的国际奥委会主席萨马兰奇提名为国际奥委会运动委员会成员。由于工作需要,她经常与几十位外国委员在一起开会讨论。因她不懂外语,委员会特地给她配了一个翻译。

有一次开会,翻译因故来迟,那些时间宝贵的外国委员们纷纷露出非常不敬和不屑的眼神看着她。就是这个不易觉察的轻蔑眼神,深深"刺激"了她。

随后,她向领导提出学习英语的要求。很快,她就被安排到清华大学外语系报到。老师为了了解一下她的英语基础,让她写出26个英文字母,她绞尽脑汁也没写全。然而,她凭着一种永不言败的"死磕"精神,后来不仅学会了英语,而且最后还拿到剑桥大学经济学博士学位。她就是世界冠军邓亚萍。

1997年邓亚萍临近退役时,开始设计自己将来的路,有人认为运动员只能在自己熟悉的运动项目中继续工作,而她却想要证明:运动员不仅能够打好比赛,同时也能做好其他事情。

当她以英语专业本科生的身份初进清华时,她的英文几乎是一张白纸。由于没有一点基础,上课时,老师的讲述对她而言无异于天书,她能做的就是尽力一字不漏地听着、记着，回到宿舍，再一点点翻字典，一点点硬啃硬记。当时，她给自己制定了学习计划：一切从零开始，坚持三个第一：一、从课本第一页学起，从第一个字母、第一个单词背起；二、一天必须保证14个小时的学习时间，每天5点准时起床，读音标、背单词、练听力，直到正式上课；三、晚上整理讲义，温习功课，直到深夜12点。"

由于全身心地投入学习，邓亚萍几乎完全取消了与朋友的聚会及无关紧要的社会活动，就连给父母打电话的次数也大大减少。为了提高自己的听力和会话能力，她除了定期光顾语音室，还买来多功能复读机。由于她总是一边听磁带，一边跟着读。同学们便跟她开玩笑说："亚萍，你成天读个不停，当心嘴唇磨出茧子呀！"

她相信：没有超人的付出，就不会有超人的成绩。这也是她多年闯荡赛场的切身体验。"

无疑，邓亚萍的求学之路是"苦"的。这苦和做运动员的苦相比，虽然都是一个"苦"字，但她的感受却不一样：以前当运动员时，训练累得实在动不了，只要一听到加油声，一咬牙，挺过来了；遇到了难题、关坎，教练一点拨，通了；比赛遇到困难，观众一阵吼声，劲头上来了，转危为安。但读书呢，常常要一个人孤零零面壁苦思，那种清苦、孤独是另一种折磨，没意志、没恒心根本坚持不下去。

为了让她更快地掌握英语，清华的几位英语老师建议她到国外去学习一段时间，在他们的热心帮助下，经清华大学和国家体育总局批准，1998年年初，刚在清华读了几个月的邓亚萍作为交换生被送到英国剑桥大学突击英语。

这对邓亚萍来说，是个非常难得的机会，同时也是一个艰难的起步。

邓亚萍到剑桥的第二天就是开学上课的日子，全班一共9个同学，教室不大，9张课桌椅向着黑板，摆成半圆形。老师先让大家做自我介绍。接下来给每人发了两张讲义就开始讲课，课堂上没什么纪律，讲解方式也很随意，老师一边讲课，同学们一边七嘴八舌地抢着回答问题。她在云山雾罩中上完了课。四五个星期过去了，每天十五六个小时的付出，但收效并不大，英语水平的提高也不显著。作为一个插班生要赶上其他同学困难太大。加上没有教材，每次上课才能拿到老师发的讲义，这种教学方法也很难让她适应。

但邓亚萍知道，这是因为自己的语言基础还相当薄弱，要想在剑桥这个精英云集的学府里站得住、学得好，更需要全力以赴地去拼搏。做学问与体育训练一样，没有任何捷径可寻，更不会有天上掉馅儿饼的美事儿，一切靠自己去拼去搏。为了赶功课，邓亚萍每天都起早贪黑，只睡几小时。

除了学习上的困难外，生活的环境也不尽如人意。到英国留学的留学生，多数都是住在学校安排的英国人家里，她也不例外。她所居住的这个女房东家，距学校太远，而且房费伙食费很高，每月除了要交200多英镑房租，还要交100多英镑饭费，两项合起来每月的支出约合人民币将近5000元。这对于自费到英国上学的她来说，惜金和惜时同样重要。

为了省钱，邓亚萍每天只能骑着自行车到学校。当她头一次穿着防雨运动衣，骑着自行车到学校时，许多同学见了都大为不解：怎么世界冠军还骑自行车来上学？是啊，世界冠军也是凡人，她的所有，是她用汗水换来的，来之不易，她必须十分珍惜它。

功夫不负有心人！经过自己的刻苦努力，邓亚萍终于戴上了学士帽，在毕业典礼上，她用流利的英语向老师致词。

然而，邓亚萍并没有因此而满足，没有因此而停止自己的求学之路。2001年9月，邓亚萍从清华走进英国诺丁汉大学攻读硕士。她原本更喜欢剑桥，觉那里风景可人，令她心醉。但她却选择了诺丁汉大学，原因是诺丁汉大学有全英国最棒的外语系。

导师由于对她不太了解，有些担心作为运动员出身的她能否完成学业。邓亚萍看出导师的不放心后，就恳切地对导师说："我可能比您的其他学生基础要差，别人一次能听懂的课程，我可能要两次甚至多次听懂，别人需要一年，我可能需要一年半甚至两年。但请您放心，不管费多少力、多长时间，我都要把这个学业拿下来！我是那种很要强的人，我做任何一件事情，都会尽自己最大的努力去做好。"

在英国，修硕士有两种办法。一种是类似于应试教育。就是上一门课考一门，直到通过所有课程；另外一种是跟导师做课题研究，研究结束后做论文，如果论文通过就可以毕业，邓亚萍采取的是第二种办法。

然而，比语言更难的是这里的学习方式，这里的学习方式和国内真是大不一样。邓亚萍有自己的导师，但并不经常见面。往往是导师给她提供一个阅读书目清单，她自己到图书馆或大学找书，然后阅读。有了问题才和老师预约见面、答疑。开始时，她很不习惯这种学习方式，而且她修的方向是"中国当代研究"，一个似乎和体育无关的冷门专业，即便图书馆里也不一定有相关材料。这样，她就必须到不同的图书馆和大学里去找。不过，现在看来，这也是她在国外学习的重要收获之一——新的学习方式让她学会了在纷繁复杂的情况下找到实现目标的办法。

邓亚萍的研究课题是《从小脚女人到奥运冠军》，例子用的就是中国女子乒乓球队。为了研究这个课题，她阅读了一些对中国女运动员的研究材料，这些研究材料大部分是外国人写的。这些外国人并没有真正了解中国女运动员的生活和成长经历，因此他们的研究并不到位。邓亚萍希望能够从她开始，有人真正关注中国妇女和中国女运动员的研究，她也希望通过在国外学习，在工作中可以尽量避免由于东西方文化差异而引起的误会，以便更好地介绍中国，让世界了解中国。而在国际体育界，能让人理解你的见解，接纳你的主张并非易事。

一年后，邓亚萍面对严格的考官，用英语宣读了3万5千字的论文——《从小脚女人到奥运冠军》。此论文以翔实生动的材料和清晰有力的论点论述了中国妇女及中国妇女体育的巨大发展和变化。临场考官的一致结论是：无条件一次通过！

2002年12月22日，邓亚萍如愿获得硕士学位。萨马兰奇先生称赞她"拥有了打开世界大门的钥匙"。

至此，从1997年进入清华大学起，邓亚萍已在校园度过了近六个春秋，并将自己当年的小学"学历"变为研究生学历。邓亚萍坦言，从运动员到学生，尤其是一个留学生，她付出的努力并不亚于打球。"从对英语一窍不通到熟练地用英语与教授交流，从人生地不熟到朋友遍英国，从开始时的迷茫到后来的迎接挑战，每一步都走得很辛苦。但海外生活为我打开了一扇门，让我真正了解了世界。"

其间，她还作为北京申奥成员，赴莫斯科为北京赢得2008年奥运会举办权作了贡献。

谈到学业，邓亚萍如是说："我要感谢当学生的这段经历，因为它让我看到了另外一个世界，找到了自己新的价值。如果亚运会、世乒赛和奥运会的冠军是我乒乓球生涯的三大满贯，那么在清华获得学士学位、诺丁汉大学硕士毕业和取得剑桥博士，就是我人生的另一项大满贯。"

拼搏、拼搏、再拼搏！无论是做运动员还是做学生，邓亚萍对自己的要求都几近苛刻："必须做好，我没有理由做不好！"这就是一份自信！

谁都难免会遇到"刺激"，很多人会因刺激而消沉。而自尊自强的人，则会将刺激作为人生新的转折点，把刺激化为激励，从而奋起拼搏，最后让"刺激"引爆成功。

何处再寻金谷园

文 / 宋语涵

繁华事散逐香尘，流水无情草自春。日暮东风怨啼鸟，落花犹似坠楼人。

——杜牧《金谷园》

提起《金谷园》要提绿珠，提起绿珠就不得不说她与石崇之间的故事。石崇是这样的人，相传他在世时奢靡无度，曾将沉香屑撒于象牙床，令舞姬们走在上面，留不下痕迹的人赏珍珠百粒；石崇还是这样的人，他的财产不计其数，连婢女们都穿着刺绣精美的锦缎，凡天下美妙的丝竹音乐都进了他的耳朵，凡水路上的珍禽异兽都进了他的厨房；他是这样的人，与王恺比富，做五十里的锦布障、用花椒涂墙壁、搬来十几株珊瑚树，令客人随便挑选。也只有这样的人，才肯花十斛珍珠来买绿珠，才会为她修崇绮楼，才会每每来宾客都要她作陪，才会说"绿珠吾所爱，不可得也。"

石崇与绿珠，不算善始，终究也不可善终。权臣孙秀索绿珠被拒，劝赵王伦派兵诛杀石崇。石崇叹："绿珠啊，如今我为你得罪了这些人，自是没有什么好下场。"于是绿珠哭道："我愿为您去死，也不愿因这小人，伤了自己的贞洁。"然后她便从木楼上纵身一跃，石崇扑过去想拦，却终是晚了一步。

五百多年以后，杜牧经过金谷园遗址，忍不住面对废墟感叹。

繁华事散逐香尘，流水无情草自春。当年的繁华散去了吧，可这景色却依然如往常般美丽，只能当做是物是人非。

日暮东风怨啼鸟，落花犹似坠楼人。啼鸟悲鸣，年年都如那日般哀叫，这八月的桂花呀，就好像是当年纵身一跃的伊人。

他吟罢，太阳便缓缓落下，只余斜阳与他共同想象着，当年的景色。

面对金谷园的废墟，杜牧无法想象当年的歌舞升平的盛景，也没有料到很多年以后，会有人们自作聪明地把它改成景区，用以戏耍用以娱乐，再也不会记得，曾有那样一位女子，泣道"当效死于君前。"而后纵身一跃，只留下千古的议论，与悲歌。

其实说多了也是错，当年杜牧所感慨的，从来都不是为爱义无反顾的绿珠。而是洛阳城的繁华，与衰落。

渴 望
——读《简·爱》有感

文 / 范开源

"我渴望 / 一千次的渴望 / 我渴望的不是山间轻柔的玫瑰色氤氲 / 我渴望的是穿破千万重云彩的壮美极光……"

读完《简·爱》，这部著作仿佛是大海中翻滚的巨浪，时时攫住了我的心，让我与其中的人物一起欢笑，一起哭泣……

简·爱从小父母双亡，被好心的舅舅收养。舅舅临死前委托舅母一定将其抚养成人。然而，舅舅走后，简·爱却受到了舅母和她的孩子们的百般虐待……当读到简·爱舅母里德夫人的儿子约翰，以简·爱不配看书为由而将书扔向她，把她砸得头破血流时，我心中对约翰充满了仇恨与愤怒。凭什么？凭什么让简·爱遭受如此屈辱与不公的对待？！我在心中呐喊着。

简·爱渴望阳光，渴望自由；她坚定、刚毅、顽强、正直，敢作敢当，勇于维护自己的尊严；她心中还始终有这样一个信念：心若在，梦就在！

简·爱没有幸福的童年，没有开心的回忆，只有无尽的痛苦。当迫不得已收养她的舅妈为了"摆脱这个累赘"，将简·爱送往伍德慈善学校的时候，简·爱还以为自己的幸福日子就要到来了呢，谁知情况并非如此。入学没几天，简·爱就因为不小心摔碎石板而被布罗赫特斯克先生罚站在椅子上,"她们的视线,宛如聚火镜一样,烧灼到我的皮肤上。""我曾经说过受不了那样子的耻辱,如今却在众目睽睽之下,站在教室中央、耻辱的托座上。"看到这里,我不禁心头骤然一缩。这个还不到13岁的小姑娘,能经受得住如此屈辱吗?正当我为简·爱担心时,她的好朋友海伦·伯恩斯跑来安慰她,坦普亚小姐也让她诉说自己从小到大所受的憋屈与凄苦,并证明了她的清白。悬在我心口的一块大石头终于落地了,我长吁了一口气,为简·爱此时的幸运而高兴!

简·爱在罗伍德当了两年教师后,离开这个学校在一个贵族——罗彻斯特的家中找到一份当家教的工作。于是,她的人生从此发生了改变。

罗彻斯特爱上简·爱,并和她举行婚礼。然而,在婚礼现场,简·爱却得知他们不能结婚,原因是罗彻斯特有妻子,而她的这位妻子——一个疯女人并未死去!简·爱因罗彻斯特向她隐瞒实情而愤怒地离家出走!

简·爱离开罗彻斯特后,在千里之外遇到了远亲——圣约翰一家人。他们给了她许多帮助。当简·爱获得一笔遗产重回桑菲尔德时,却发现罗彻斯特原先的家——桑菲尔德已经被烧成灰烬!原来,简·爱走后,罗彻斯特的疯妻子趁人不注意点燃了大火,罗彻斯特为救跳楼自杀的疯妻子而被大火烧伤,导致双目失明,重度残疾!

然而,简·爱并未因这当头一棒的打击而放弃对罗彻斯特的爱情!她依旧渴望与罗彻斯特永远在一起!看到这里,我的眼睛不禁湿润了。没想到简·爱竟如此忠贞不渝!

简·爱辗转来到罗彻斯特的新家,见到了几乎一无所有的罗彻斯特,发现罗彻斯特的面庞再不复先前的神采飞扬、英俊潇洒!看到这里,我的心不禁狠狠抖了一下:她能继续爱罗彻斯特吗?!

"你不是废物,先生——不是被雷击坏的树,你苍翠蓬勃。不管你要不要,植物都会长在你的根部周围,因为它们喜欢你的浓荫,而且它们会越长越依附你,缠绕在你身上,因为你的力量提供了他们如此安全的支柱。"看!简·爱对罗彻斯特的爱情仍然是那么忠贞不渝,她把失明的罗彻斯特比喻成"苍翠蓬勃"!

他们结婚了!

简·爱终于拥有了她渴望的"阳光"!

是的,简是执着的。不懈的努力、奋斗、拼搏,使得她终于拥有了自己的幸福与爱情。同时,简也是坚强的。儿时的虐待、悲惨的生活、不幸的遭遇……她,经历了太多太多的苦难!但这些"魔鬼"不仅没有打垮她,反而使她更加热爱生活、憧憬未来和追求梦想!

《简·爱》通过对一个柔弱女子坎坷不平的人生经历的描述,成功地塑造了一个不安于现状、不甘受辱、敢于抗争的女性形象。它反映了一个平凡心灵的坦诚倾诉——一个小写的人成为一个大写的人的渴望!它给予了我新生的、神奇的、一种从未有过的情感,细腻,温暖,温柔,它充满欢欣与鼓舞……如古堡内的甬道般,一扇一扇门掩藏着隐忍与含蓄,执念与思辨,充满着渴望与自由,让我"尝"到了爱情的奇妙,渴望实现的美好!这是一首绝美的赞歌,是一本让人荡气回肠,值得一读再读的爱情经典!

人生最美好的一步棋

文 / 张以进

杰克和杰森是一对双胞胎兄弟，老家在山区。兄弟俩出生时，由于家境贫寒，父母把杰森送给了城里的一位亲戚收养。虽然两家人彼此之间也经常往来，但是，父母发现，不知是环境关系还是别的原因，杰森胆大泼辣，敢作敢为；而杰克却显得胆怯内向，做事有点缩手缩脚。好在两个人都顺利地考进了大学，巧的是居然是同一所大学的教育专业。

一天，天气阴沉沉的，杰克有点感冒，杰森陪他去医院。去医院必须经过一个公园，两人抄小路进入公园时，杰克突然发现一个非常熟悉的面孔，他连忙拉着杰森的手蹲了下来，低声说："杰森，快看，是帕桑总理。"

"你发什么神经啊，总理在这里能让我们这样靠近吗？"杰森不以为然地说。可当他们再次仔细看那个熟悉的身影时，两人都确定这个人就是经常出现在电视里的帕桑总理。两人与总理之间的距离似乎不到三十米，总理和几位官员坐在公园的小凉亭里，正商量什么事。两人想，总理办完事后，一定会从他们旁边这条路返回。因此，杰克和杰森决定再等上几分钟，那样就可以更贴近地看到总理。

果然，不到半个小时，帕桑总理站了起来，向路这边走过来。看到总理走过来，杰克和杰森有点不知所措，杰克更是腼腆地低下了头。总理走到杰克面前，看了看杰克，然后用手托起杰克胸前的校徽说："是大学生啊。"这时的杰克，不知是激动还是腼腆，竟然傻乎乎地看着总理，一句话也说不出来。而杰森却向前一步，伸出双手说："总理，您好！"帕桑总理拉着杰森的手说："大学生在学校里要好好读书，多学知识，你们将来都是国家的栋梁之材啊。"杰森听了连连点头说："谢谢总理的关心。"

第二天，多家报刊的头版刊登了帕桑总理看望杰森的大幅照片，许多报刊电台得知消息后也派记者前来，对杰森进行专题采访。一夜之间，杰森成了家喻户晓的名人，学校也把帕桑总理看望杰森的照片作为珍贵的历史资料，收藏保存到档案馆里。

于是，很多校友为杰克感到惋惜，并建议说："你错过了这样好的成名机会，真是可惜，但你可以补救啊。你要立刻拿起笔，将你见到帕桑总理的情形写成回忆文章，送到报社去发表，这样也可以给你自己增加知名度。"杰克听从了建议，可提笔写文章的时候却又无从下笔，这件事就慢慢搁置下来。

杰森因为有了名气，大学一毕业就顺利地找到了工作。工作没多久就被一位富商的女儿看中，进了名门豪宅；而杰克却被分配到山区一所学校，当了一名老师。艰苦的工作之余，杰克常常思考着，当年如果自己能跨出那一步，说不定杰森的一切就是他的，他的人生可能就不是现在这样默默无闻了。他因为胆怯，也许确实错过了人生最好的一步棋。可再回头一想，这样的思考又有什么意义呢？渐渐地，杰克放弃了那种毫无意义的思考，开始脚踏实地地工作。

不知不觉过去了十几年，杰克钻研教学，热爱学生，成了一位桃李满天下的园丁。由于杰克教学成绩突出，教研成果斐然，获得了全国教育突出贡献奖。在教育表彰大会上，他受到了帕桑总理的表彰。这一次，他大踏步地走到帕桑总理面前，向总理问好。总理拿着鲜花向他颁奖和祝贺的照片，第二天就出现在各家报纸的头版。他受到的表彰和获得的荣誉成为他就读过大学的骄傲，学校特地为他塑造了一尊雕像，激励前来学习的学生。而这个时候，杰森把帕桑总理看望他的照片和一些不断回忆那次难忘经历的文章收集在一起，自费出版了一本作品集，并把这本作品集寄给了他所认识的每一个人。

百年之后，一位历史学家在整理档案时，偶然翻到了帕桑总理看望杰森的那张照片，他在那里凝视了片刻，很快又翻开了新的一页；而在杰克的那尊雕像前，他却凝视了很久很久……

成长智慧

摘编 / 志明

要活得漂亮

小鸡问母鸡:"妈妈,今天可否不用下蛋,带我出去玩啊?"母鸡道:"不行的,我要工作。""可你已经下了许多的蛋了。"小鸡说。母鸡意味深长地对小鸡说:"一天一个蛋,刀斧靠边站。"孩子你要记住:存在是因为创造价值!淘汰是因为价值丧失。过去的价值不代表未来的地位。所以每天都要努力!如果你是雄鹰,没有人鼓掌,你也要飞翔;如果你是小草,没有人心疼,你也要成长;如果你是深山里的花儿,没有人欣赏,你也要芬芳!如果你是创业者,没有人激励,你也要达成目标!做事不需要人人都理解,但你要尽心尽力;做人不需要人人都喜欢,但你要坦坦荡荡。梦想的坚持注定有孤独彷徨,因为少不了他人的质疑和嘲笑,但那又怎样,哪怕遍体鳞伤,也要活得漂亮!

得与失

有个可怜的孩子,刚八岁时父母就先后被瘟疫夺去了生命,从此这个孩子变成孤儿,每天靠乞讨和捡破烂生活。

他每天都祈祷上帝让他变成有钱人,能过上幸福的日子。然而,不幸的事接踵而来，父母给他留的一间破败的小屋在一次暴风雨中也坍塌了。

这个孩子绝望极了，悲痛交加地想从坍塌的屋里刨出几件衣服被子。刨着刨着，奇迹出现了，原因房子坍塌时把地面砸了一个洞，他发现洞里竟然存放着许多金子。从此，这个孩子过上富足而幸福的生活。

人的一生，总在得与失之间不停转换，当失去了这件东西，必定会得到另一件东西。

项链的价值

有一个父亲为了教育他的儿子，给儿子一串非常精美的珍珠项链，让他去市场卖，但不是真卖，而是试试项链的价值。

儿子把珍珠项链拿到市场上，很多人围过来看，但他们顶多只出几块钱。儿子回来后，灰心丧气地告诉父亲只能买几块钱。

父亲说，你现在把这串项链拿到珠宝市场卖，和刚才一样，不是真卖，而是试试价值。

儿子把佛珠拿到珠宝商那儿，珠宝商居然愿意出十万块钱买这串项链。儿子简直不敢相信自己的耳朵。回来后，高兴地对父亲说，在珠宝市场能卖十万。

父亲说，现在你明白父亲的用意了吧，人生价值的大小跟位置有直接关系，如果站错位置，即使再优秀，也可能被埋没，永无出头之日。相反，如果站对位置，就会身价大增，加速成功。所以，人生在世，一定要站对位置。

乞丐与狗

有一个沿街流浪的乞丐，每天都梦想着能发一笔小财，好让自己的

日子过得舒服点。

有一天晚上,他居住的窑洞忽然跑来一只非常漂亮的狗。这只狗可能是饿了,一直望着他刚乞讨回来的肉松面包"汪汪"地叫。

乞丐心想,我都没得吃,哪还有给你吃的,就把狗给赶走了。

第二天,他又在大街行乞时,看到很多人围在街边一张寻狗启事跟前看。原来,本市有名的大富翁丢失了一只十分名贵的进口名犬,愿出2万美金酬金寻狗。他再一看寻狗启事上的狗的照片,正是他昨天赶走的那只狗。这个乞丐后悔得肠子都青了。

很多时候,我们苦苦追寻的东西,恰好就是我们上一秒钟放弃的东西,这些东西不是我们无缘得到,而是我们不懂珍惜。

微笑和沉默

王丽和张艳都是某大型商场的电器促销员,她俩年年销售业绩都是全商场第一。在年终大会上,领导让她们给大家讲一讲她们的销售技巧。

王丽说,很多时候,顾客买我们的产品就是从我接待他们时的真诚微笑开始的。我把所有顾客都当成自己的朋友,无论他们买不买我们的产品,我都以朋友的身份,处处为他们着想,为他们做顾问型的解惑,这样才不会失去每一个机会。

张艳说,除了微笑,我更多时间选择沉默。当顾客说我们产品不好时,我并不和他们争辩,而是等他们说完之后,我再耐心地逐一为他们讲解每种产品的优势与劣势,正是我这种耐心的沉默,避免了很多不必要的争吵,从而赢得顾客的信任。

微笑和沉默的价值不仅仅在于成功的销售和满意的购买,更反应出一个人对他人诚恳的尊重。在为人处事上,微笑和沉默是两个最有效的武器：微笑能解决很多问题，而沉默则能避免很多问题。

鼓励的力量

张磊大学毕业后，好不容易找到一个项目经理的工作，辛辛苦苦干了大半年，不但没有一点业绩，反而在原有的几个大项目中接续失败。而跟他同时进公司的同事们，却个个都干出不错的业绩。

张磊在极其自责的心理下，向总经理提出辞职。

总经理不但没有同意他的辞职，反而鼓励他说，"当初招聘时，我在一百多人中选你做项目经理，就是看中你有潜力。安心工作吧，我会给你足够的时间，直到你成功为止。"

总经理的宽容和鼓励让张磊十分感动。于是，在接下来的工作中，张磊就更加勤奋和用心。

一年之后，张磊果然做成几个大项目，为公司赚了不少钱。总经理也因张磊的惊人业绩而荣升为公司副董。

在人生的道路上，没有谁会一帆风顺的。很多时候，给别人足够的宽容和鼓励，往往能为自己成就一个全新的局面。

致命的"习惯"

有一个孩子，家里养了很多鳄鱼，为了防止鳄鱼伤人，在小鳄鱼刚刚出生的时候，孩子的父亲就开始训练鳄鱼吃素，直到小鳄鱼长大，也从没尝过肉味，当然也从没伤过人。

后来，这个孩子长大了。有一次他要到河对岸去。这条河里面有很多鳄鱼，孩子以为河里的鳄鱼跟他家养的鳄鱼一样，是不伤人的，就蹚水过河，结果游到河中间被闻声而来的鳄鱼给活活咬死。

我们遭遇的失败，通常不是败给了别人，而是败给我们的某种习惯、某种思维定式或某种习惯的性格倾向。

出错的彩票

刘力是某机关小职员，虽说工资不太高，但小日子倒也过得平静舒适。他有个爱好，就是爱买彩票，梦想着一天能中大奖。

有一次，他看到电视上公布的中奖号码和他买的号码完全一致，就反复对了好几遍，在确认自己就是这期的头等奖的得主时，刘力不由得欣喜若狂。

然而就在刘力准备去领这份巨奖时，彩票管理中心却发现由于机器故障，电视上公布的号码中"8"被写成"9"，也就是说，电视上公布的号码并不是这期真正中奖的号码。

刘力可真谓是空欢喜了一场。从此以后，他再没心上班，心里始终纠结着那笔差点到手的巨额财产。等身边的同事都因工作努力而晋升时，刘力还原地踏步地成天念叨着他的那笔"巨款"。

愚者通常为未获得的东西耿耿于怀，智者却懂得珍惜自己拥有的，所以不会失意。

猎人和老虎

有个猎人，和年轻漂亮的妻子及一双可爱的儿女住在大山脚下。冬天到来了，一天，猎人一大早就上山打猎去了，他准备多打点猎物好为家里换点过冬的食物。

傍晚，猎人背着丰收的猎物回来时，却发现一只凶猛的饿虎正在撕咬他可怜的妻子。再看两个孩子，早已血肉模糊地倒在地上。

猎人不由得怒火冲天，举枪就冲老虎猛射。老虎机敏地逃脱了，但右眼却被打瞎了。从那以后，猎人每天都上山寻找那只老虎，好为他的妻儿报仇。但他却再没遇见那只老虎。

多年过去了，年轻的猎人已经变成一个白发老头。有一天，他终于在一个山坳处发现了那只只剩下左眼的老虎，然后一枪把它打死。

第二天，老猎人带着了无遗憾的微笑离开了这个世界。

信念是生命的支撑点，如果说生命是蜡烛，那么信念就是支撑生命的烛芯。只有有永恒的信念，生命才会闪闪发光。

不被通过的原因

有一个女孩，因为相貌长得比较丑，从小到大都一直十分自卑。为了不被人瞧不起，这个女孩上学十分勤奋。

大学毕业后，女孩顺利拿到美国一个著名大学研究生院的录取通知书。可是，没想到一切都准备好后，却在美国大使馆签证时连续多次被拒。一个要好的朋友就劝她去找出国咨询公司，去问问到底是什么原因被拒签。女孩听从了好友的建议。

咨询公司的老板拿过女孩的签证材料看了一遍说，你的材料没有问题，请你详细讲一下被拒签的过程。

女孩红着脸、眼睛望着自己的脚尖吞吞吐吐半天，才开始低声讲经过。刚讲个开头，咨询公司的老板就打断说："你不要说了，我已经知道了，你没通过的原因就在于你太不自信。"

自信是成功的第一要素，只有当我们对自己怀有信心的时候，才能使别人对我们萌生出一种信任。

中国古代礼仪礼貌用语

摘编/思思

★ 请人原谅说"包涵";求人帮忙说"劳驾";向人提问说"请教";

★ 得人惠顾说"借光";归还物品说"奉还";未及迎接说"失迎";

★ 需要考虑说"斟酌";请人勿送说"留步";对方到场说"光临";

★ 接受好意说"领情";与人相见说"您好";问人姓氏说"贵姓";

★ 问人住址说"府上";请改文章说"斧正";求人指点说"赐教";

★ 得人帮助说"谢谢";祝人健康说"保重";向人祝贺说"恭喜";

★ 老人年龄说"高寿";身体不适说"欠安";自己住家说"寒舍";

★ 女士年龄称"芳龄";称人女儿为"千金";送礼给人说"笑纳";

★ 送人照片说"惠存";欢迎购买说"惠顾";希望照顾说"关照";

★ 请人赴约说"赏光";对方来信说"惠书";无法满足说"抱歉";

★ 请人协助说"费心";言行不妥"对不起";慰问他人说"辛苦";

★ 迎接客人说"欢迎";等候别人说"恭候";麻烦别人说"打扰";

★ 客人入座说"请坐";陪伴朋友说"奉陪";临分别时说"再见";

★ 中途先走说"失陪";送人远行说"平安";请人决定说"钧裁";

★ 接受教益说"领教";谢人爱意说"错爱";受人夸奖说"过奖";

★ 交友结亲说"高攀";书信结尾说"敬礼";问候教师说"教祺";

★ 致意编辑说"编安";初次见面说"久仰";长期未见说"久违";

★ 求人帮忙说"劳驾";向人询问说"请问";求人办事说"拜托";

★ 称人夫妇为"伉俪";尊称老师为"恩师";称人学生说"高足";

★ 平辈年龄问"贵庚"。

中国书画史上的"扬州八怪"

摘编 / 朱州州

郑燮

郑燮,字克柔,号理庵,又号板桥,是清朝官员、学者和书法家。其诗、书、画均旷世独立,世称"三绝",擅画兰、竹、石、松、菊等植物,其中画竹五十余年,成就最为突出。

郑燮把竹子画得艰瘦挺拔,节节屹立而上,直冲云天,竹子的每一张叶子都有着不同的表情,墨色水灵,浓淡有致,逼真地表现竹的质感。

高其佩

高其佩,字韦之、韦三,号且园、南村、书且道人,是清代官员、画家,指画开山祖师。

高其佩善用手指作画,他开创的"指画"成为绘画中一个重要流派。

高其佩晚年,指画声誉远播朝鲜。雍正八年,高其佩应诏圆明园如意馆作画3年,创作了《长江万里图》等细绢工笔画。高秉《指头画说》记载,高其佩曾为兵部尚书卢舜徒写真,画一立像,高与真人相齐。画成后,卢舜徒欢喜若狂道:"神乎技矣!进乎道矣!"

金 农

金农，字寿门，号冬心，杭州人，人称八怪之首，是清代著名画家。金农博学多才，五十岁后始作画，终生贫困。他长于花鸟、山水、人物，尤擅墨梅。他的画造型奇古、拙朴，布局考究，构思别出新意，作品有《墨梅图》《月花图》等。他独创一种隶书体，自谓"漆书"，另有意趣。

李 鱓

李鱓，字宗扬，号复堂，又号懊道人，江苏兴化人，是清代著名画家。康熙五十年中举，五十三年以绘画召为内廷供奉，因不愿受正统派画风束缚而被排挤出来。他早年曾从同乡魏凌苍学画山水，继承黄公望一路，供奉内廷时曾随蒋廷学画，画法工致；后又向指头画大师高其佩求教，进而崇尚写意。在扬州又从石涛笔法中得到启发，遂以破笔泼墨作画，风格为之大变，形成自己任意挥洒、水墨融成奇趣的独特风格。李鱓喜欢在画上作长文题跋，其题跋字迹参差错落，使画面十分丰富，其作品对晚清花鸟画有较大的影响。

黄 慎

黄慎，字恭懋，一字恭寿，号瘿瓢，东海布衣等，福建宁化人，是清代著名画家。擅长人物写意，间作花鸟、山水。其笔姿荒率，设色大胆，为"扬州八怪"中全才画家之一。黄慎的写意人物，创造出将草书入画的独特风格。

李方膺

李方膺,字晴江,又号秋池、衣白山人、抑园、借园主人等,江苏南通人,是清代著名画家。善画松、竹、兰、菊、梅、杂花及虫鱼,也能画人物、山水,尤精画梅。画梅以瘦硬见称,老干新枝,欹侧蟠曲。

汪士慎

汪士慎，字近人，号巢林，别号溪东外史、晚春老人等，是清代著名画家。原籍安徽歙县，居扬州以卖画为生。工花卉，尤擅画梅，常到扬州城外梅花岭赏梅、写梅。所作梅花，以密蕊繁枝见称，清淡秀雅。

罗 聘

罗聘，字大，号两峰，又号衣云、别号花之寺、金牛山人、洲渔父、师莲老人，是清代著名画家。祖籍安徽歙县，后为江苏甘泉（今扬州）人。在扬州自称住处谓"朱草诗林"。画人物、佛像、山水、花果、梅、兰、竹等，无所不工。笔调奇创，超逸不群，别具一格。他又善画《鬼趣图》，描写形形色色的丑恶鬼态，无不极尽其妙，借以讽刺当时社会的丑态。

扬州八怪画家突破了"正宗"的束缚，在继承传统的基础上，重在自己创造与发挥，穷其一生，为创造新的画风而努力。无疑，他们对中国画的发展作出了伟大的贡献，他们的创作思想和众多的作品，都是我们学习继承的宝贵遗产。

岳阳楼与滕子京的故事

文 / 匡花坛

位于湖南岳阳洞庭湖畔的岳阳楼，始建于公元 220 年前后，相传为三国时期东吴大将鲁肃的"阅军楼"，李白赋诗之后始称"岳阳楼"。千百年来，是无数文人骚客追古思今、凭栏抒怀之地，有着"洞庭天下水，岳阳天下楼"的美誉。历史上岳阳楼经历过多次重修、复建，但最为人称道的就是北宋庆历四年（1044 年）滕子京重修岳阳楼。

滕子京，河南人，名宗谅，子京是字，与范仲淹同年进士，二人交情匪浅。子京一生官运不畅，起起落落，直至范仲淹为其作《岳阳楼记》后，名声大噪，从此只闻"滕子京"，不闻"滕宗谅"。

《岳阳楼记》开篇写"庆历四年春，滕子京谪守巴陵郡"，这个"谪"就是其人生的基调。滕子京一生宦海沉浮，先后在宫中任大理寺丞、殿中丞，结果宫中两次失火，牵连遭贬，之后长期任职地方。子京十分重视教育，所到之处必兴办学校；他重视文化建设，重修古迹岳阳楼，"增其旧制，刻唐贤今人诗赋于其上"；他忠于职守，庆历二年，任泾州知州，西夏入侵，他沉着应战，动员数千百姓守城，招募少数民族勇士，最终将西夏军击退；他勤政为民，初任泰州，修筑捍海堤堰，谪守巴陵郡又治水患，修筑偃虹堤。同朝史学家司马光盛赞其在岳州"治为天下第一"。

滕子京为人豪迈，具备为任一方的学识与才干，是个有抱负的政治家，可伴其一生，其自负与好大喜功，一直饱受诟病，加之牵连政治斗争，接连被贬，颠沛流离，五十八岁便郁郁离世。

子京命运多舛，关键是没有管好"钱袋子"，有贪功求大之嫌。北宋中期以后，地方财政经常入不敷出，中央财政也自顾不暇，可滕子京为了兴办学校，不惜血本扩建学堂、拜请名师，"费钱数十万"，公款花销惊人，以至于他转任时，同僚怀疑他贪污，不肯替其书历。庆历二年，驻守边疆的滕子京为庆贺泾州战役胜利，轰轰烈烈地大摆筵席，出手阔绰地犒劳边关将士、祭奠英烈和抚恤遗属。没多久就被人指控滥用公款十六万贯，其间数万贯钱财去向不明，监察御史启动弹劾，滕子京一时慌乱，怕株连无辜，将账本和抚恤名录等全部烧光，反将罪名坐实。"泾州过用公款案"闹得沸沸扬扬，幸有欧阳修、范仲淹等人力保，才未获刑罚，之后便贬到了岳阳。

滕子京也过分自负，他长期任地方长官，主掌一方，钱、权、物都他一人说了算。《宋史》的评价："宗谅尚气，倜傥自任，好施与，及卒，无余财"，可见子京对钱财没有贪念，可他不愿放权，也不相信其他人，事事亲力亲为，账目、支出只有他一人掌握。缺少监督的一把手，又好大喜功，在任上兴修土木，照着个人喜好兴办学堂、重修楼宇，花费无度，有造福一方之说，可也有为个人大谋政绩之嫌，令旁人疑心钱款去向，他个人更是说不清楚。所以从他为官湖州到泾州再到岳州，滕子京这个一把手，没少被人诋毁。

庆历四年，岳阳楼修葺一新，滕子京写信给挚交范仲淹，请他作记共襄盛举。而范文正仅凭着对好友的力挺之情以及一幅《洞庭秋晚图》，未亲到现场，便洋洋洒洒写下了千古雄文《岳阳楼记》。文中不仅抒发了个人情怀，也对老友子京委婉规劝，"不以物喜，不以己悲"，告诫其要树立正确的政绩观，踏实为官，勿做表面文章；"居庙堂之高，则忧其民；处江湖之远，则忧其君"，"先天下之忧而忧，后天下之乐而乐"，勉励其要有以天下为己任的人生观，不要因一时受挫而消沉。文正公是生怕滕子京再因重修岳阳楼花费巨大，而招来祸患。

　　兴建岳阳楼时滕子京年届五旬，五十而知天命，洞庭湖水，巴陵山丘，横无际涯，气象万千，心念重建岳阳楼之大观，不仅可以"心旷神怡、宠辱皆忘"，慰藉迁客骚人，更借以一雪前耻，为自己正名。所以，子京不仅对工程施工格外用心，力求美轮美奂，同时，还吸取教训，重修的花费不靠财政拨款，不搞集资摊派，而是巧妙地调动民间资本，向民间欠账的"老赖"伸手，动员债主把债款捐给政府，欠钱之人怕得罪官府，乖乖还钱，一下子解决了资金来源，还得到百姓认可，"州人不以为非，皆称其能"。岳阳执政三年，"政通人和，百废俱兴"，滕子京可谓忍辱负重，"泾州过用公款案"最终也水落石出，"滕子京所用钱数分明，并无侵欺入己"。当岳阳楼重建落成之日，子京"痛饮一场，凭栏大恸十数声而已"。

　　几十年来经历跌宕起伏、背负着沉重包袱的滕子京终于释然恸哭。子京也尝求古仁人之心，可急于求成和自负心理，让他栽了跟头。为官不易，不光要有能干事、干成事的事业心，更要有为民务实、花费有度的执政之策。往事越千年，屡修屡毁又屡毁屡修的岳阳楼仍伫立在洞庭湖畔，却早已不复当年子京修筑的模样，流芳百世的永远是名篇与佳话，而非一砖一瓦一草一木。

《论语》的故事

摘编 / 汪春晓

我国人文始祖尧帝传位给舜时,举办了庄严而隆重的禅让大典。尧告诫舜要忠于这份神圣使命,并说假如舜辜负了使命使得四海困穷,那么舜会受到上天的惩罚。后来,舜禅位给禹的时候,也说了类似的话。

禹年老后,本来应该把帝位禅让给一个叫伯益的德高望重的人。但是,随着社会发展,政权日益落入部落首领们的手中了,他们聚集在禹的儿子启周围,开始反对把帝位禅让给伯益,并联合起来打败了拥护伯益的力量,最后启杀死了伯益,继承了帝位。

启正式拉开了我国脱离信仰并凭借武力进行世俗统治的历史大序幕,开创了我国第一个世俗强权的夏朝。到了夏桀时期,年年发生天灾人祸,夏王朝对内加强剥削,对外加强武力,结果闹得众叛亲离。

这时候,有个部落首领商汤开始起兵讨伐夏王朝。商汤在起兵之前,巧妙借助祭天仪式,成功赋予了自身天帝代言人身份,并把自己看作天帝儿子,称作"天子",表示自己是天帝儿子。

最后,商汤打败了夏桀,拯救了广大人民。于是,人民也就对商汤这个自封的"天子"深信不疑。在随后的几百年中,商王朝的统治者手握天命解释权,实行武力统治,人民开始反叛商的恐怖天命。

这时,地处西边的诸侯国周政权,则针锋相对地提出了"仁",宣告天帝是仁慈的。为了消除人民对商天命代言人的畏惧迷信心理,周武王说，即使人民有了过错，上天也只会惩罚他一人。于是大获民心，力量也逐渐强大起来。

最后，周武王打败商纣建立周朝。周政权为了把天帝神权推向至高无上的位置，经常在泰山进行祭天，表明自己所做的一切都依据天帝的命令行事。

周政权以天帝代言人自居，并通过封神形式，让出了一部分天帝代言人的绝对权力，由此获得了被封诸神的认可，从而获得了制定政策的最高权力。

在周武王去世后，其子周成王即位，由于周成王年幼，就由周成王的叔叔姬旦摄政。姬旦，也称"叔旦"，是周文王姬昌的第四子，因是周朝第一位辅佐周王治理天下的周公，又称"周公旦"。

在周朝之前，商王朝对于臣服的方国、部落虽加有侯、伯等封号，但始终没有形成完整的分封制度，也没有系统的控制方案，所以天下的方国时而臣服，时而反叛，使商政权很不稳固。

周公摄政后，吸取了商朝建制不完备的教训，从王朝的长治久安出发，开始对分封制重视起来。为了使分封制系统化、制度化，周公把分封制与宗法制度紧密结合起来。这样一来，一个有别于商的新的分封制便呼之欲出了。

同时，为了巩固周王朝对分封的各个诸侯的管理，周公从政治及文化方面制定了一套完整的典章制度，史称"周公制礼作乐"。

周公辅佐周成王一共7年，在第6年时，他在洛邑制礼作乐。现在，洛阳的周公庙里有个礼乐堂，就是专门纪念周公在洛邑制礼作乐的。礼乐堂位于定鼎堂的北边，里面有一组泥塑人物群像，再现了周公制礼作乐的场面。

周公发明制定了一整套礼乐制度，颁布给各路"神仙"，并以"礼"来划分人间等级秩序，同时又以"乐"来调和该等级秩序，两者相辅相承。由此一来，周政权用礼乐制度把一切统治手段掩盖起来了，表面看起来非常美丽诱人。

由于很多人都被周政权抬高到了神的高度，这样下去人人都成"神"了，也就无所谓"神"了，人民由此日益失去了对"天帝"的信仰。因此，周朝开创了一个对神信仰瓦解的格局，也开创了一个将制度纳入世俗政权的格局。

信仰的瓦解直接造就了一个物质繁荣却世风日下的春秋时代。在春秋末期，社会礼崩乐坏，国家诸侯割据。面对这样的社会环境，士人们纷纷思考治国良策，并形成了不同的学说流派，于是，"百家争鸣"的局面出现了。

早期的百家争鸣并没有什么影响力，后来出现了一个叫孔丘的人，人们都叫他孔子，他的言论很具有代表性，在当时影响很大。

孔子是春秋末期鲁国人，他祖先本是殷商贵族的后裔。周朝推翻商朝统治后，周武王封商纣王庶兄微子启为宋，当时宋是夏的都邑。微子启去世后，他弟弟微仲继位，微仲就是孔子的先祖。

自孔子六世祖孔父嘉以后，微仲的这支后代子孙便开始以孔为氏。

后来，孔子曾祖父孔防叔为了逃避宋国内乱，从宋国逃到了鲁国。孔子父亲叔梁纥是鲁国出名勇士，叔梁纥的夫人施氏一连生了9个女儿，却没生一个男孩。叔梁纥为此十分烦恼，晚年便又娶了年轻的颜征在为妻。颜征在为叔梁纥生了一个儿子，取名孔丘。

孔丘3岁时，叔梁纥便去世了。从此以后，家里生活全靠颜征在一人支撑着，生活过得十分拮据。孔丘从小就饱尝了生活的艰辛，并由此学会了体贴母亲。长大成人的孔丘特别注重孝道，除了时代的原因外，也与他的成长经历有着密不可分的关系。

受母亲言传身教的影响，孔丘自幼酷爱礼仪，尤其是对祭祀等一些古老的文化礼仪有着十分浓厚的兴趣。孔丘6岁的时候，有一天，有位贵族在曲阜南郊进行祭祀活动。孔丘得知后连忙跑到举行祭祀的地方，兴致勃勃地观看完郊祭大典的整个过程。

祭祀结束后，年幼的孔丘意犹未尽，回到家便从屋里找出一些坛坛罐罐恭敬地摆在院子里，模仿刚才在南郊看到的祭礼，按照程序一丝不苟地认真演练了一遍。从此，模仿郊祭便成了幼年孔丘经常做的游戏。

公元前542年，10岁的孔丘跟随母亲到外公家跟着外公读书。4年时间，孔丘的外公颜襄把自己所掌握的丰富知识悉数教给了孔丘。孔丘在刻苦学习期间，仍不忘随时随地研习周礼。

孔丘17岁时，母亲颜征在去世了。母亲离世后，孔丘的生活变得更为艰难。迫于生计，孔丘选择了相礼助丧的职业，相礼助丧也叫丧祝，就是专门为贵族和富裕平民主持、操办丧事。

按照当时礼制，丧礼仪式十分复杂，也颇为讲究，尤其是富庶人家的葬礼更是隆重奢华。丧祝活动在西周初期主要是由王室和诸侯国的神职人员巫、祝之类担任。后来，随着社会发展，神职人员地位开始逐渐降低，并逐步散落民间，成为了专门从事丧祝活动的术士。

从此，丧祝不再是贵族的专利，一部分富裕起来的平民在丧葬礼仪上也日益讲究起来，对于丧祝的需要也越来越多。如此一来，丧祝便开始成为一部分民间知识分子的正式职业了。

孔丘虽然严肃认真地从事着助丧相礼的职业，但他却不满足于只做传统的丧祝儒者，他希望把丧祝的礼仪发扬光大，使其成为一套社会规范的礼仪，为此，他十分刻苦地学习周礼。

很快孔丘渊博的学识和出众的才华，在丧祝活动中得到越来越多人的承认和赏识，他的名气也越来越大。于是，便有一些年轻人慕名而来求学于他，并尊称他为孔子。

孔子23岁时，就开始在乡间收徒讲学。到30岁时，由于求学的学生越来越多，孔子便开始创办私学，并提出"有教无类"，强调所有的人都可以接受教育。

在教学态度上，孔子认为应该"诲人不倦"；在教学内容上，他注重因材施教，提出对学生要做到有针对性；在教学方法上，他强调启发的重要性，提出开导学生要把握时机，要等学生实在无法想明白的时候再去开导他，认为如果不让学生自己努力思考就直接帮助，反而会使学生养成不爱思考的坏习惯。

针对当时的礼崩乐坏，在教学过程中，孔子特别强调学生们要加强自身修养，强调做人要正直和仁德。在孔子看来，一个人只有正直才能光明磊落，只有心中坦荡做事才没有担忧。虽然生活中不正直的人也能生存，但那些人只是靠暂时的侥幸避免灾祸，迟早要跌跟头的。

孔子认为，做人除了要正直外，还要仁德，因为仁德是做人的根本，是处于第一位的。只有在仁德的基础上做学问、学礼乐才有意义；只有仁德的人才能无私地对待别人，才能得到人们的称颂。

那么怎样做才能算仁呢？孔子认为，能够自己做主去实践礼的规范就是人生的正途。一旦做到言行符合礼，天下的人就会赞许你为仁人了。

有一天，孔子和弟子们一起讨论学问。弟子颜渊向孔子请教："老师，什么是仁？如何做到仁？"

孔子回答："克制自己，恢复周礼，就是仁；以周礼为标准，时时处处严格要求自己，使自己的言行符合周礼，就是做到仁了！对人恭谨就不会招致侮辱，待人宽厚就会得到大家拥护，交往信实别人就会信任，做事勤敏就会取得成功，给人慈惠就能够很好使唤民众。能实行这五种美德者，就可算是仁德了。"

弟子子路又接着问："老师，假如我当将军带兵打仗，让子贡、颜回做我的校尉。攻城必克，夺地必取，百战百胜。这样算是有仁德之人吗？"

孔子说:"这样只能算是勇敢的武夫而已!"

孔子认为"仁"是后天"修身""克己"的结果,而不是天生就有的。而要想完全达到仁是极不容易的,需要广泛地学习文化典籍,用礼约束自己的行为,这样就可以不背离正道了。

同时,还要重视向仁德的人学习,让仁德的人来帮助自己培养仁德。而仁德的人应该是自己站得住,也使别人站得住,自己希望达到也帮助别人达到,凡事能推己及人的人。

为了能做到仁,弟子曾子每天都要再三反省自己:帮助别人办事是否尽心竭力了呢?与朋友交往是否讲信用了?老师传授的学业是否温习了呢?

除了正直和仁德,孔子又强调做人还要重视全面发展,就是志向在于道,根据在于德,凭籍在于仁,活动在于六艺,只有这样才能真正地做人。

针对当时的诸侯割据和礼崩乐坏,孔子自20多岁起,就开始思考治国良策,也一直希望通过入仕把自己的所有才华用来治理国家,然而却苦于没有机会。于是,孔子便把教育当作"安邦治国"的重要组成部分,强调以文教来感化百姓。

公元前517年,齐景公出访鲁国时,因仰慕孔子的大名,派人把孔子请到府上,向孔子请教安邦治国的良策。

景公问孔子:"请问夫子,做为国君,应该如何治理他的国家呢?"

孔子回答说:"治国的根本在于'人伦纲常'。君主必须像个君主,臣子必须像个臣子,父亲要像个父亲,儿子要像个儿子。每个人都要各在其位,各司其职。否则国将不国,政将不政,社会将混乱不堪。而治国的前提在于君主要严于律己。如果君主自己正,管理国政就不会有什么困难,如果自己不端正,随心所欲,为所欲为,就不可能去端正别人,其国家也无法治理。除此之外,君主还应该重视才智礼仪仁德的关系，这些都是治国不可偏废的条件。"

景公又问："稳定天下的大计是什么呢？"

孔子答："实行清明的政治，用贤惩恶，减轻赋税，助民兴业。"

景公问："教育百姓的良策是什么呢？"

孔子答："用道德感化教育，用礼教加以约束，能使百姓不但有羞耻之心，而且能改过向善。"

景公又问："怎样才能富国强兵呢？"

孔子答："从严治吏、发展生产、节俭，三者结合是强国的关键；从严治军、注重德教、加强训练，为强兵之本。"

景公赞扬道："夫子所谈治国之道言近旨远，切实可行啊！"

自从这次交谈之后，齐景公多次召见孔子论政述志。有一次交谈之余，景公高兴地对孔子说："我想把尼谿封给你。"

孔子推辞说："我对齐国没作出什么贡献，无功不应受禄啊！"

齐景公说："你多次为寡人提供良策，这本身对齐国就是一个不小的贡献嘛！"

后来，孔子就到了齐国，原本希望从齐景公这里得到一个从政机会，以便实践自己的"君君、臣臣、父父、子子"的治国理想。可是，他在齐国住了一年多时间，不仅从政的希望没有实现，就连齐景公当面答应的给予尼谿之地的封赏也落空了。

孔子百思不得其解。后来，他得知齐国大夫妒忌自己的才能，不但要挟齐景公收回对自己已许下的赏赐，而且还欲加害自己。于是，孔子又重新回到鲁国，续继聚徒讲学。

回到鲁国后，孔子一面教导弟子，一面上下求索。这期间，他在理论上的最大成就，就是用"仁"对"礼"进行改造，提出并完善了他的"仁学"理论。

孔子认为"仁"就是"爱人"，就是对人要尊重、关心和体谅，

"仁"既是每个人必备的修养，又是治国平天下必须遵循的原则。为了实践"仁"，孔子十分重视"礼"，主张克制自己，使自己言论行为都符合礼的要求。

对于夏、商、周三代的礼制，孔子最赞赏的是周礼，认为它综合了夏商之礼的优点。在他看来，周礼不仅继承了夏、商之礼的许多形式和"亲亲""尊尊"的核心内容，而且大大增加了夏商之礼所缺乏的道德理性精神，把"有德""无德"作为遵礼与否的主要标准。

在此基础上，孔子进一步阐发和弘扬礼的道德性，他用"仁"对礼进行改造和充实，从而把礼提到了一个新的高度。

当时，正是奴隶社会向封建社会过渡的时期，伴随着奴隶的解放和社会各种关系的调整，人的价值和尊严越来越受到一些先进思想家的重视。

在此时，孔子提出的"仁"实际上就是赋予仁以普遍人人之爱的形式，换句话说就是对所有人，包括处于社会最底层的奴隶，都要尊重、关心和体谅。这样一来，"仁"又成为了处理人际关系的准则，即所有人都从"爱人"的原则出发，要帮助别人发达起来，不要把自己厌恶的东西推给别人。

当时正是"百家争鸣"时期，孔子的言论在百家争鸣中最有影响力。以孔子为代表以及他的弟子们崇尚"礼乐"和"仁义"、提倡"忠恕"和"中庸"之道、主张"德治"和"仁政"、重视伦常关系的学派，成为了当时一个最重要的学术流派。

因为孔子曾经从事过丧祝，他的学问也是从丧祝文化发展而来的，而从事丧祝的人需要身着特制的礼服，头戴特制的礼帽，当时称之为"襦服"。"襦"与"儒"字同音，人们便逐渐直接称"丧祝"为"儒"了。于是，人们就把孔子创立的学派也就称为"儒家"学派了。

公元前501年，51岁的孔子接受了鲁国大夫季氏的聘任，担任了地方官中都宰。一年后，他升任司空，之后又升任大司寇。在孔子的治理下，鲁国国力日益强盛起来，引起了邻国齐国的警惧。于是，齐大夫黎锄设计，向鲁定公赠送大量女乐宝马。从此，鲁定公成天只顾沉溺于女乐而不问朝政。

孔子劝谏多次却无功而返。孔子见与鲁公、季桓子等在道德与政见上的分歧难以弥合，知道自己留在鲁国也难以在政治上有所作为，便离开鲁国，希望到别的诸侯国实践自己的治国理想。

离开鲁国以后，孔子率众弟子周游列国，辗转于卫、曹、宋、郑、陈、蔡、叶、楚等地，去游说那些诸侯王，然而均未获得重用。颠沛流离14年后，年近70岁的孔子被鲁国权贵季康子派人迎回鲁国尊为国老，但此时的孔子对仕途已经淡漠了，他便将精力主要用在培养弟子和整理古代文化典籍上。

孔子从事教育达40多年之久，门生众多。据史料记载，孔子弟子有3000人，其中才华出众、品德优良者有72人。孔子的学生多数来自鲁国、卫国、齐国、秦国、陈国、宋国、晋国、楚国、吴国、蔡国、燕国等，几乎遍布当时的许多个诸侯国。

这些弟子都非常尊敬孔子，他们把孔子的思想进行广泛传播，在当时产生了很大的影响。后来，孔子主要弟子及其再传弟子把孔子的言行记录并整理成了一部书，内容包括孔子谈话、孔子答弟子问、弟子之间的相互讨论以及弟子对孔子的回忆等。这部书取名为《论语》，意为语言的论纂。

这部书集中体现了孔子的政治主张、伦理思想、道德观念及教育原则等。全书共二十篇，每篇由若干段文字组成，多数段落是以"子曰"开头的孔子语录，少数段落略有记事和对话。

这部书每篇的题目都是从该篇首段的第一句话中取两字或三字而成，因此这些题目跟篇章内容没有什么联系。各篇的排列顺序也没有什么讲究，每篇内部并没有统一的主题，前后两章之间很少有内容上或逻辑上的联系。

《论语》成书于战国初期，但到西汉时期仅有口头传授及从孔子住宅夹壁中所得的本子。其中鲁人口头传授的《鲁论语》有20篇，齐人口头传授的《齐论语》有22篇，从孔子住宅夹壁中发现的《古论语》有21篇。

西汉末年，帝师张禹精心研究了《论语》，并根据《鲁论语》和参照《齐论语》，另成一论，称为《张侯论》。此本成为当时的权威读本。

《齐论语》《古论语》不久亡佚。后遗存下来的《论语》有20篇，492章，其中记录孔子与弟子及时人谈论之语约444章，记录孔门弟子相互谈论之语有48章。

孔子是《论语》描述的中心，书中不仅有关于他的仪态举止的静态描写，而且有关于他的个性气质的传神刻画。此外，围绕孔子这一中心，《论语》还成功地刻画了一些孔门弟子的形象。如子路的率直鲁莽，颜回的温雅贤良，子贡的聪颖善辩，曾皙的潇洒脱俗等，都称得上个性鲜明，能够给人留下深刻印象。

《论语》和儒家伦理学著作《孝经》是汉朝初学者的必读书，学生们必须先读完这两部书，才可以进而学习"五经"。《论语》自汉代以来，注解它的人称得上是汗牛充栋，举不胜举。

汉朝人所注释的《论语》，后来基本上全部亡佚。残存下来的，以东汉末年经学大师郑玄注为较多。其他所注各家，在三国时期玄学家何晏《论语集解》以后，就多半只存于《论语集解》中。后来的古代文籍《十三经注疏·论语注疏》就是用的何晏的《集解》和宋人邢昺的《疏》。至于何晏、邢昺前后还有不少专注《论语》的书，由此可见《论语》影响的深远。

《论语》是研究孔子思想的主要资料。作为我国古代儒家经典著作之一，《论语》在东汉时就被列为七经之一。在南宋时，著名思想家朱熹将《论语》和《孟子》以及《礼记》中的《大学》《中庸》合编为"四书"，与"五经"并列，后来成为读书人科举考试的必读书目。

一部《论语》，便将孔子及其门生的有限生命融入到了无尽的历史之中，创造了我国古代光辉的人文主义精神，被后人誉为"天不生仲尼，如万古长夜"。后人还称赞到："半部《论语》治天下。"可见，《论语》对我国文化的巨大影响力。

儒、道、佛三家文化的区别

摘编 / 王小丽

我国传统文化的主流可以说是佛儒道三家的共融。儒指儒家,创始人为孔子,儒家经典为"四书五经"。自汉武帝以来,儒家文化长期被奉为我国封建社会的正统思想,其思想精髓是"三纲五常"。"三纲"指君为臣纲、父为子纲、夫为妻纲,"五常"指仁、义、礼、智、信。

道指道家,创始人为老子,也就是道教中的太上老君,道家经典为老子的《道德经》和庄子的《庄子》,其思想精髓是讲求无为而治、修仙修真,追求长生不死而成仙。在西汉初年,统治者鉴于秦朝在严刑苛法中灭亡的教训,曾奉道家的老庄之学为施政的理论依据,推行了休养生息的政策。在汉武帝执政时期,老庄之学被儒家文化所代替。

佛指佛教,创始人为北印度婆罗门尼泊尔的王子释迦牟尼。佛家经典繁多,浩如烟海,难以数计,其思想精髓是缘起性空,强调人的任何行为都有因,亦会有果,因果相报真实不虚。佛教系统地回答了人是从哪里来、为什么而来、死后又到哪里去等终极问题。

起初,佛儒道三家的分别非常明显,但经过几千年的互相学习借鉴之后,尤其是宋代以后,让人感觉三家的思想界限似乎不那么清楚了,很多人便认为三家的思想只是表面的不同,最后的根本是一样的。

其实,这种理解非常错误。应该说三家的思想区别很大。比如儒家以教化为核心,讲求中庸之道,三纲五常;道家以治理为核心,讲求清净无为，修仙修真；佛家以大爱为核心，讲求众生平等，超脱轮回。但由于三家长时间互相影响融合，以至于它们表面看来有很多类似的地方。

现在我们分别从文化主旨、做人标准、人生观、世界观等几方面说说它们之间的区别。

一、文化主旨

儒家——进取文化；

道家——规律文化；

佛家——奉献文化。

二、做人标准

儒家——仁、义、礼、智、信；

道家——随顺自然，安守本分，淡泊名利；

佛家——诸恶莫做，众善奉行。

三、人生观

儒家——积极进取，建功立业；

道家——顺其自然，自我完善；

佛家——慈爱众生，无私奉献。

四、世界观

儒家——世界是展现个人才华的舞台；

道家——人是自然的一部分，追求人与自然和谐相处的天人合一境界；

佛家——缘起性空，相由心生，一花一世界，世界就在自己心中，一念之差，便可创造地狱、极乐。

五、价值观

儒家——在创造物质财富的过程中实现自我价值；

道家——以完善的自我带动和谐的社会；

佛家——自利利他，在为他人献爱心、为社会作贡献的过程中实现个人价值最大化。

六、哲学倾向

儒家——入世哲学；

道家——出世哲学；

佛家——以出世的思想，做入世的事业。

儒家文化在宋代之前，其实并不是一套完善的哲学体系，更多是一种致用的方剂，是治理社会的方法和原则。到了宋代，周敦颐完善了儒家的世界观，以道家生成的变化关系为依据，借用《周易》的术语，提出了"无极生太极、太极生两仪，两仪生四象，四象生八卦"的世界生成变化关系。

道家和儒家虽然世界观基本一致，但是在价值观和人生观上出现了巨大分歧。道家由于过早看清了事物规律的变化，他们不局限于一个时间段内的价值是非判断。所以真正道家的人眼光都是很长远的，他们置身事外，冷眼旁观，看社会发展的变化。

而儒家则不同，他们知道自己既然生下来，就已经是后天的人，清楚自己已经是历史潮流中的一分子，所以他们生来有一种参与历史变化的责任感，积极面对现实，在现实社会中发挥自己的力量。或黑或白，或左或右或中间，他们都会清楚选择一条路为之奋斗。

校园文摘系列丛书征稿

阅读可以使学生增长见识，可以提高学生写作水平；阅读可以陶冶学生性情，使学生变得温文尔雅、富有修养；阅读可以给学生带来无限遐想和乐趣，给学生带来智慧源泉和精神力量；阅读可以磨炼学生意志，让学生的心灵逐渐充实、成熟。

为满足广大读者要求，中央编译出版社将继续开展"校园文摘系列丛书"征稿活动，让我们从"学生阅读"读起，从朴实无华、意蕴丰富的文字中感受阅读的魅力。

一 征文对象及内容

征稿对象为全国大中学生。可以个人投稿，也可以学校、班级或文学社团为单位组织供稿。作品的体裁、内容不作任何限制。篇幅限 1300-2500 字之间。优秀来稿将分别入选面向全国发行的"校园文摘系列丛书"。

二 征文要求

1. 文笔流畅，有真情实感，活泼新颖。
2. 投稿作品必须是本人原创，不得抄袭、套改。如涉及法律问题，由作者本人负责。

三 投稿时间

即日起至 2018 年 12 月 30 日止。

四 投稿须知

1. 投稿限发 word 文档电子稿。每人可投 3~5 篇。优秀作品可根据题材分别入选多本图书相关栏目。
2. 来稿在文末附上以下内容：文章标题、作者姓名、邮寄地址、电子信箱、电话、QQ。
3. 来稿在 90 天内未收到采用通知的作者，稿件自行处理，三个月内请勿一稿多投！
4. 所有来稿均视为作者已同意本作品选编入中央编译出版社相关图书。不同意以上约定的作者请勿来稿。

电子邮箱：cctp8299288@163.com
作者交流 QQ 群：63601654

著名少年作家万亿新作《我在成都等你》即将与读者见面

万亿，一个16岁的少年，已出版6本小说。这位小作者似乎在继承韩寒、郭敬明等青年作家的衣钵，秉承他们对青春、对人生的一贯写作手法，将自己的感受丰富化而已。

"清晨的阳光落在他脸上，光影从额头沿着眉心迤逦向下，经过秀挺的鼻梁，微微弯起弧度的嘴唇，最后汇集到眼睛里，浓密的长睫不停震颤，为眼睑下覆上阴影，却遮不住他瞳孔里潋滟流转的光。"

一眼看去，谁会料见这出自于一位16岁孩子的手笔呢？固然，其文章的手法带有漫画性，但也正是如此，才使本书特征凸显无疑。就像电影《致青春》一般，没有什么惊世骇俗的人生哲理，就是一股清流，一首简单的青春之歌。

暗恋，执着，迷惘。这些词都被作者熟练的揉捏于青春故事中。发酵成一种芬芳！

《作文36技》学生写作必备图书

《作文36技》是一本非常受学生欢迎的图书。该书共分36个专题，每个专题都分为"名家垂范""名师指点""名题演练""名卷展示"四个板块。乍看只是总结了一些写作的技巧，细究却分明提出了一种语文教学的新思路：从阅读走向写作。

这本书的问世，填补了目前中学作文教材的一项空白！相信青少年朋友们能从这本书中获得启示，去抒写自己芬芳而绚烂的人生！教育界多位专家推荐此书！

定价：38元　全国各地新华书店有售

书　名：《超脱考试做领袖》
作　者：陈济安
定　价：30元

　　郭传杰、冯恩洪、毕诚等著名教育家认为：《超脱考试做领袖》一书非常适合大中学生、教师、家长和有志青年阅读参考，称此书是一部不可多得的励志佳作。
　　该书是一部"教人识道用器，学会学习、少有相似，独创一帜"的原创佳作。

《创新中国教育》教你如何考上国际名校

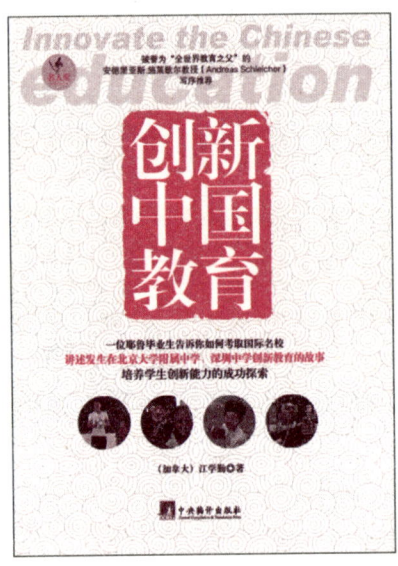

一位耶鲁毕业生教你如何考上国际名校

讲述发生在北京大学附属中学、深圳中学创新教育的故事

培养学生创能力的成功探索

　　本书以通俗易懂的语言、严谨的结构，记述了作者在中国教育改革之路的成功和失败，目的在于让中国的家长、老师、学生以及更多关注中国教育的人们明白，在当今的中国为什么改革如此重要，以及它是如何一步一步成为现实的。本书对改变学生学习方法、推进中国教育改革具有非常重要的参考价值。

　　被誉为"全世界教育之父"的安德里亚斯·施莱歇尔教授（Andreas Schleicher）如此评价《创新中国教育》：

　　"在中国，给予我最深刻印象的是北京大学附属中学的国际部。相信《创新中国教育》这本书的读者，能通过书中的亲身经历，了解到他们是如何进行实践并达到目标的。在探索未知世界的同时，北京大学附属中学也将世界带入了中国，为中国的下一代，将纯粹复制学科内容的教育改革为培养学生实际生活能力的教育；将为国家服务的教育转变成为全球与当地社区服务的公民教育；将为考试而竞争的教育转向加强学生能力培养的教育；将情景价值观的教育——我将做现实环境允许做的事情——更新为可持续价值观的教育。相信这样的教育将能帮助中国的下一代更好地进行协调适应——带着无限的可持续性，将一个失衡的世界归于平衡与和谐。"

定价：39元　　当当网、京东网、卓越及各地新华书店有售